# DICW DWM-BO

# DICW DWM-BO

***Dwm-bo:** dwi ddim yn gwybod | dwn i'm | wn i'm |
wyddwn i ddim | sa i'n gwbod | 'wmbo |
| dim clem | dim syniad | dim obadeia | *dunno* |

gan

**Sioned Wyn Roberts**

Darluniau
Helen Flook

y olfa

Argraffiad cyntaf: 2025

Dylunio: Richard Huw Pritchard
Cysodiad y Clawr Blaen: Cyngor Llyfrau Cymru



Dymuna'r cyhoeddwyr gydnabod cymorth ariannol Cyngor Llyfrau Cymru.

ISBN: 978-1-80099-679-3

Cyhoeddwyd ac argraffwyd yng Nghymru gan
Y Lolfa Cyf., Talybont, Ceredigion, SY24 5HE
*e-bost* ylolfa@ylolfa.com
*gwefan* www.ylolfa.com
*ffôn* 01970 832 304

# Pennod 1

Mae hi'n hanner awr wedi wyth y bore. Mae hi'n ddiwrnod cyntaf y tymor. Ac mae Dicw Dwm-bo yn sefyll o flaen giatiau **Yr Academi Arbennig I Archarwyr Anhygoel**. Yn gwylio degau o archarwyr yn rowlio, hedfan, shrincio, ymestyn a cherdded-trwy-waliau i mewn i'r Academi.

'Beth yn y byd dwi'n wneud yn fan'ma?' meddylia Dicw. Ac ateb ei gwestiwn ei hun efo... 'Dwm-bo'.

'Dwm-bo' ydy ateb Dicw i bob cwestiwn. Pob un wan jac. Methu stopio'i hun. Mae 'Dwm-bo' yn dod allan o'i geg heb feddwl. Hyd yn oed os ydy o yn gwybod yr ateb. Ond heddiw, dim ond **UN** ateb sydd i'r cwestiwn, 'Beth yn y byd dwi'n wneud yn fan'ma?' a **DWM-BO** ydy hwnnw. Ffaith.

Felly beth yn y byd *mae* Dicw, bachgen hollol gyffredin, yn gwneud y tu allan i giatiau Yr Academi Arbennig i Archarwyr Anhygoel? Dydy Dicw ddim yn **archarwr**. Nac yn **anhygoel**. Does dim byd yn **arbennig** am Dicw Dwm-bo o gwbwl. Wel, mae o'n ateb pob cwestiwn efo 'Dwm-bo', ond dim siwpyr-bŵer ydy hynny, naci?

# Pennod 2

Roedd popeth wedi digwydd mor gyflym. Dim ond bore ddoe ddaeth y llythyr i'r tŷ. Amlen fawr, papur trwchus, ysgrifen bwysig. I Mam oedd y llythyr, a dros y bwrdd brecwast dyma hi'n ei ddarllen yn uchel mewn acen posh.

*Annwyl Mrs Dafis,*

*Rwyf wedi clywed bod eich mab, Dicw, yn ddisgybl arbennig gyda phwerau anhygoel...*

'Pwy? Dicw ni?' Nain ddywedodd hynna. Dydy hi ddim yn ffan mawr o Dicw ers iddo fflyshio ei het orau hi i lawr y toiled ar ddamwain. Ond stori arall ydy honno.

'Ia, Nain. Dicw ni,' meddai Mam, yn gwgu arni hi yn flin. 'Bwytwch eich uwd a gwrandewch.'

*… Felly, mae'n bleser gennyf gynnig lle i Dicw yn*
**Yr Academi Arbennig i Archarwyr Anhygoel.**
*Mae'r tymor yn dechrau fory am 8.30 y bore.*

*Yn gywir,*
*Dr Bleddyn, y prifathro.*

'Beeeth?' gwaeddodd Nain, cyn tagu dros ei uwd a sblatio'r cwbwl dros y bwrdd brecwast. 'Dicw ni? Yn archarwr anhygoel?'

Mae Dicw wedi rhewi fel delw. Methu symud. Mae ei geg yn agored, ei dafod hanner ffordd allan a darn mawr o dost hanner ffordd i mewn. Mewn sioc.

'Wel! O'n i'n gwbod bod ti'n hogyn sbesial,' meddai Mam, ei llygaid yn grwn fel wyau wedi ffrio ar ôl darllen y llythyr eto. 'Ac mae hyn yn profi'r peth, yn tydy, Dicw?'

'Dwm-bo…' atebodd Dicw, fel arfer, ac yna, 'Camgymeriad ydy o, Mam. Mae Nain yn iawn, dwi ddim yn archarwr anhygoel.'

'Dydy Nain ddim yn iawn y tro yma, bach. Mae'r llythyr yma gan Dr Bleddyn ei hun. Y prifathro, cofia. Felly, rwyt ti, Dicw Dafis, yn haeddu lle yn yr Academi 'na. A dyna ddiwedd arni. Iawn?'

Cyn i Dicw ateb 'Dwm-bo' roedd Mam wedi prynu'r wisg ysgol borffor ac oren ac wedi pacio cês anferthol yn syth ar ôl brecwast. A dyna pam mae o yn fan hyn rŵan, y diwrnod ar ôl derbyn y llythyr, yn sefyll y tu allan i giatiau'r Academi enwog.

# Pennod 3

'A-a-a-a-a-a...'

Yn ddirybudd, mae Dicw yn clywed sŵn ofnadwy y tu ôl iddo.

'A-a-a-a-a-a...'

Mae'n teimlo'r ddaear dan ei draed yn crynu. Yn gweld y giatiau haearn yn siglo. Ac yna…

'... a-a-A-Aaaatissssshhhhwwwwww!'

Daw cawod o law snotlyd i sblasho dros Dicw i gyd.

'Wps, ddrwg 'da fi,' meddai llais y tu ôl iddo.

Mae Dicw yn troi ar ei sawdl i weld pa gawr anferthol oedd yn gyfrifol am y tisian anhygoel o swnllyd. Ond dim cawr sy 'na, ond geneth fach, fer, yn gwisgo côt law reit at ei thraed, het law ar ei phen ac yn cario bacpac plastig ar ei chefn. Y cwbwl mae

Dicw yn ei weld o'i hwyneb hi ydy trwyn. Un mawr, coch, fel trwmped wedi chwyddo. Ac mewn llais bach fel petai o mewn bocs tishws, mae hi'n gofyn, 'Ti'n iawn?'

'Dwm-bo,' ydy ateb Dicw, wrth gwrs. Mae'n sychu ei wyneb efo'i lawes. **Ych a fi!** Tisian. Am siwpyr bŵer hollol **AFIACH** meddylia, cyn holi, 'Sgen ti hances?'

'Llwyth!' meddai hi gan agor ei bacpac mawr a gwagio'r cwbwl ar y llawr. Mae ganddi hi:

– Dau focs o tishws mawr

– Pedwar bocs o tishws bach

– Hances fawr les

– Hances antîc Anti Annwyd

– Pentwr o hancesi cotwm

– Paced o ddiod lemon at ddolur gwddw

– Tri peg bren i binsio'r trwyn

– Pedwar peg plastig

– Het law sbâr

– Pac-a-mac rhad

Estyn hancesi mae hi. Un fach i Dicw. Un les tua maint dŵfe dwbwl iddi hi'i hun. Ac yna mae hi'n chwythu ei thrwyn-trwmped yn swnllyd.

'Tishia Trwyn Coch wyf i, o ben pellaf Sir Benfro,' meddai hi ar ôl gorffen, heb sylwi bod hances les ddim yn sychu trwyn yn dda iawn – jest fel byse ymbarél efo tyllau ddim yn dal dŵr yn dda iawn. 'Beth yw dy enw di?'

'Dwm-bo…' meddai Dicw ar unwaith, yn methu stopio'i hun, cyn ychwanegu '…Yymm, **Dicw** Dwm-bo,' ac atgoffa ei hun i beidio dweud *Dwm-bo* bob tro mae rhywun yn gofyn cwestiwn.

**Ding-ding-ding-ding…**

'Dere, Dicw, neu fyddwn ni'n hwyr.' Mae Tishia yn camu i mewn drwy giatiau'r Academi a thynnu Dicw ar ei hôl hi.

# Pennod 4

All Dicw ddim peidio syllu yn gegagored ar yr holl archarwyr anhygoel sy'n heidio i mewn i'r Academi yn eu ffordd arbennig eu hunain.

'Gwyddfid yw honna,' meddai Tishia, gan bwyntio at ferch sy'n sbrowtio breichiau a choesau fel planhigyn, yn tyfu i fyny'r waliau a llithro i mewn drwy ffenest ar y trydydd llawr. 'Ac Enfys sy draw fyn'na,' meddai Tishia a chodi bawd ar ferch liwgar sy'n dal ymbarél mewn un llaw a sbectol haul yn y llall.

‘Bydd yn ofalus, Rol!’ Mae Tishia yn bloeddio ar ôl bachgen sy’n rowlio’n wyllt ar yr olwynion tractor anferth sy ganddo yn lle coesau.

Ydyn, mae disgyblion yr Academi *yn anhygoel*, a llygaid Dicw fel soseri wrth iddo syllu o'i gwmpas. Mae o mewn cymaint o sioc, dydy o ddim yn sylwi…

**WhwwwWWWWWWWWsh!!**

...bod rhywun wedi hedfan i lawr o'r awyr fel tornado, glanio reit wrth ei ochor a dechrau siarad.

'Hedydd yw'r enw. Archarwr Anhygoel. Siwpyr-bŵer – hedfan.'

Mae o'n edrych yn union fel archarwr eiconig. Tal, cryf, cyhyrog. Gwallt golau, y ffrinj fel ton yn syrffio dros ei dalcen. Gwên gam sy ddim yn wên, rhywsut. Trôns-coch-rhy-dynn dros ei deits melyn (pam bod archarwyr yn mynnu gwisgo'u trôns tu allan fel'na?). Fel gweddill archarwyr ifanc yr Academi, does ganddo fo ddim clogyn eto.

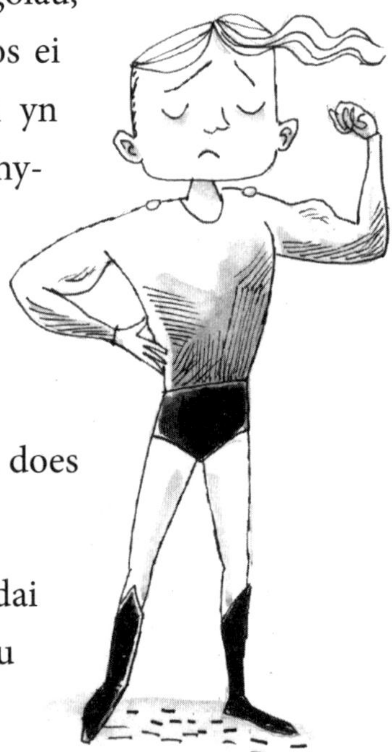

'Weli di rhain?' meddai Hedydd, gan bwyntio at ddau fotwm coch ar ei ysgwyddau.

'Maen nhw 'na er mwyn dal y clogyn coch fydda i'n ennill diwedd tymor. Rhywbeth wnaiff y trwyn-ar-goese yma byth ei gael.'

Tishia mae o'n feddwl. Ond dydy hi'n poeni dim. Mae hi jest yn syllu ar Hedydd, crychu ei thrwyn, agor ei ffroenau'n llydan a rhochian **chchchchch!** Y math o rochian sy'n gymysgedd o sŵn mochyn gwyllt a chamel blin.

Edrych i lawr ei drwyn arni hi mae Hedydd, cyn sibrwd yng nghlust Dicw, 'Ti ddim eisie dim byd i'w wneud 'da hon, mêt. Tisian – shwt mae hynny'n siwpyr-bŵer? Maen nhw'n gadael unrhyw riff-raff i mewn i'r Academi y dyddie 'ma.'

Dydy Dicw ddim yn cael cyfle i ddweud dim, ond mae o wedi penderfynu yn barod bod Hedydd yn ben bach go iawn.

'Edrycha arna i. **Tri-dau-un**.' A'r munud hwnnw, mae traed Hedydd yn tanio. **wwwwwwshshsh.** Mae o'n saethu i fyny i'r awyr fel bwled, gwneud deg cylch cyn hedfan i lawr a glanio'n ôl ar ei draed. Fflic o'r gwallt melyn. Gwên-dangos-ei-hun. 'Siwpyr-bŵer anhygoel sy

’da fi, yndê? Beth ti’n feddwl?’

‘Dwm-bo,’ atebodd Dicw a chicio’i hun am agor ei geg fawr.

‘*Dwm-bo? D-w-m-b-o?*’ meddai Hedydd yn gas, a phwyntio’i fys yn yr awyr reit o flaen trwyn Dicw. ‘Nag wyt ti’n gwbod taw fi, Hedydd, yw archarwr mwyaf anhygoel yr Academi?’

A chyn i Dicw ateb 'Dwm-bo', roedd Hedydd wedi cyfri **tri-dau-un**, tanio ei draed a bomio i'r awyr fel jet, ac oglau olew-wedi-llosgi ar ei ôl o.

**Atiiiiissshhhwww!**

'Wps, ddrwg 'da fi, Dicw,' meddai Tishia, gan sychu'r snot o wyneb ei ffrind newydd efo cornel ei hances les. 'Yr arogl llosgi 'na yn cael fi bob tro.'

# Pennod 5

Mae Tishia a Dicw yn hwyr. Erbyn iddyn nhw gyrraedd dosbarth Miss Breian mae'r disgyblion i gyd yn eu seddau a Miss Breian yn barod i ddechrau cofrestru. Dydy Dicw erioed wedi gweld dosbarth tebyg i hwn. Oes, mae desgiau, cadeiriau, llyfrau a chyfrifiaduron yma, fel unrhyw ddosbarth cyffredin. Ond y disgyblion...

'Ry'ch chi'ch dau yn hwyr. Hwyr iawn,' meddai Miss Breian a rhythu ar y ddau trwy'i sbectol. Ac am sbectol: fframiau mawr crwn â lensys gwydr-pot-jam. Mae ei llygaid hi fel pinnau bach drwy'r lensys trwchus. Peth anffodus braidd, achos llygaid pelydr-X oedd siwpyr-bŵer Miss Breian ers talwm. Roedd hi'n gallu syllu reit i mewn i bennau pobol a darllen eu meddyliau nhw. Ond rŵan ei bod hi'n hŷn, prin mae hi'n gallu gweld blaen ei thrwyn. Ddim bod hynny'n amharu ar ei disgyblaeth hi chwaith – mae lot o bŵer yn y llygaid tanbaid 'na pan mae hi wedi gwylltio. Does **neb**, na, **NEB** yn meiddio croesi Breian y Bos.

'Tishia, eistedda.'

**Sniff.** 'Ddrwg 'da fi, Miss,' meddai Tishia yn ei llais-bocs-tishws.

Yna, mae Miss Breian yn troi at Dicw. 'A! Disgybl newydd. Beth yw dy enw di?'

'D-D-Dwm-bo...' Rhaid i mi stopio dweud Dwm-bo drwy'r amser, meddylia eto.

'Dwm-bo? **D-W-M-B-O?**' Mae llygaid pelydr-X Miss Breian yn dechrau llosgi i mewn i rai Dicw. Ei fol yn neidio, ei goesau yn jeli, chwys dros ei dalcen, lwmpyn caled yn ei wddf. '**D-W-M-B-O?**' meddai hi eto, yn uwch y tro yma. Mae hi'n edrych i lawr ar y gofrestr a darllen yr enwau o dop y rhestr. 'Alaw, Ann, Ben, Dan... o, ie, dyma ni, Dicw Dwm-bo. O'r gorau, eistedda di yn fan'na, gyda Ben.'

**Ffiw!**

Yn ufudd, mae Dicw yn camu at ddesg Ben, bachgen swil yr olwg. Ond wrth i Dicw eistedd ar y gadair, mae rhywbeth od iawn yn digwydd i Ben. Mae o yn gweddnewid. Mae blew yn sbyrtio allan dros ei wyneb i gyd. Ei wallt yn tyfu yn gyrliog a thrwchus fel gwrych ar ei ben. Gwrych sy'n tyfu a thyfu mor fawr, mae haid o adar yn hedfan i mewn drwy'r ffenest, yn glanio ar wallt Ben ac yn dechrau nythu. Eiliadau gymerodd y cwbwl. **Anhygoel.**

'Fedra i ddim stopio fy hun,' mae Ben yn sibrwd wrth Dicw, gan drio cuddio'r mwstásh ysblennydd sydd wedi tyfu o dan ei drwyn. 'Mor embarrassing.' Hyd yn oed o dan yr holl flew, mae hi'n amlwg i Dicw fod bochau Ben yn goch fel bitrwt.

Mewn dim, mae Ben wedi agor ei fag ysgol a thywallt popeth ar y ddesg.

Am gasgliad:

- brwsh gwallt mawr cryf
- crib melyn
- drych bach crwn
- sisyrnau saff
- sgrynshis lliw coch, pinc, melyn a phatrwm llewpart
- clipiau gwallt lliwiau'r enfys
- siampŵ
- jel fel siwpyr-gliw
- tiwb bach o eli llau pen
- sychwr bach pwerus â batris sbâr.

'Wyt ti'n gwybod be sy'n achosi o?'

'Dwm-bo,' ateba Dicw.

'Nerfau,' meddai Ben, wrth frwsio'r gwallt afreolus i mewn i fynsen fawr ar ei gorun a'i ddal yn ei le efo sgrynshi coch. 'Tyfu blew. Dim llawer o siwpyr-bŵer, nac ydy?'

'Dwm-bo,' meddai Dicw yn llawn edmygedd. O leiaf mae gan Ben un siwpyr-bŵer yn fwy na fo – hyd yn oed os ydy o allan o reolaeth yn llwyr.

'Www, Ben!' Mae Hedydd wedi sylwi ar y gwallt, ac o flaen y dosbarth i gyd mae o'n tynnu'r fynsen yn hegar. 'Hoffi'r sgrynshi!'

'Aw! Paid!' meddai Ben, yn ceisio twtio ei fynsen. Ond wrth i Hedydd bryfocio mwy, mae nerfau Ben yn mynd yn racs a'i wallt yn **tyfu**, ac yn **tyfu**, ac yn **tyfu**, nes bod y fynsen yn **ddwbwl** ac yna **trebl** ei maint. A **Ping!** Dyma'r sgrynshi'n torri a'r gwallt yn llifo fel lafa dros Ben a'r ddesg i gyd.

'Ben!' Mae Miss Breian yn arthio. 'Torra'r gwallt 'na, wnei di!'

'Iawn, Miss.' Mewn chwinciad, mae Ben â siswrn saff ym mhob llaw ac efo **snip-snip-snip** mae o'n torri ei wallt afreolus yn siâp coron hollol berffaith.

**Waw.** *Topiary*. Creadigol.

Yn anffodus, Tishia sy'n eistedd wrth y ddesg agosaf. Ac wrth i'r blew a'r fflyff sy'n chwyrlïo o gwmpas Ben fynd i fyny ei thrwyn, dyma hi'n dechrau…

'Aaaattttiiishshshiiiwwwww!'

Ac yna, 'AaaattttiiishSHSHIIIWWWWW!'

Ac yna, 'AAAATTTTIIISHSHSHIIIWWWWW!'

Mae snot yn sblatio i bob man, a phawb yn y dosbarth yn wlyb socian. Yn enwedig Miss Breian. **Anffodus**.

'Ben, Tishia, rheolwch eich hunain, wnewch chi?' meddai hi gan sychu ei sbectol efo cadach y bwrdd gwyn cyn ei gosod yn ôl ar ei thrwyn. Yna mae hi'n tynnu cas y sbectol o'i phoced, pwyso botwm, ac efo clic mae pelydr laser yn saethu allan fel ffon hir, a hithau'n ei chwifio o gwmpas. 'Does dim pwynt cael siwpyr-bŵer os nad y'ch chi'n gallu ei reoli.'

Ymlaen ac ymlaen â Miss Breian, ei thrwyn yn yr awyr, ei sbectol wedi stemio, yn pwyntio'r ffon laser beryglus at bawb yn ei dro.

'Mae gennych chi lawer iawn i'w ddysgu gan y **gwir** archarwyr yn y dosbarth 'ma –Hedydd, er enghraifft. Dyma i chi archarwr. Pwerau anhygoel.'

'Rhedeg yn y teulu, yn dyw e, Miss Breian. Perthyn o bell i Siwpyrman.'

Sniffio mae Tishia, ei ffroenau mor llydan nes bod y blew trwyn i'w gweld yn glir. Jest fel degau o stalagtit a stalagmid mewn ogof dywyll. **Annymunol**.

'Neu Dan, er enghraifft. Dyma i chi archarwr sy'n gallu tyllu dan ddaear. Cerrig, tywod, pridd – mae o'n llithro drwyddyn nhw fel pensil drwy fenyn.'

'Diolch, Miss Breian,' meddai Dan. Mae'r wên lydan, y gwddw byr a'r plorod yn atgoffa Dicw o hen froga seimllyd.

'Wrth gwrs, mae Dan angen dysgu sut i ddarllen map yn gywir,' meddai Miss Breian wedyn, 'ond fe ddaw hynny yn ara' bach.'

Dydy Dan ddim yn hoffi cael ei feirniadu, yn enwedig o flaen y dosbarth cyfan, ac efo **D-r-r-r-r** fel dril, mae o'n pwdu yn y gornel am weddill y wers.

'Neu Ann yn fan hyn,' meddai Miss Breian, yn

pwyntio'r ffon laser at ddesg wag. 'Yyymm, Ann? Ble wyt ti?' Mae hi'n edrych o'i chwmpas efo'i sbectol pot-jam, yn methu gweld Ann yn unman ond yn cario mlaen i egluro yr un fath. 'Siwpyr-bŵer Ann ydy gwneud ei hun yn anweledig.'

**Pwwwff!** Dyma Ann yn ymddangos. Wel, hanner ymddangos mae hi. Ei chorff yn dryloyw fel ysbryd a'i chroen tenau yn amryliw fel swigen sebon.

'Yr **Alffas** ydy'r rhain – Hedydd, Dan ac Ann. Y gorau o'r goreuon. Nhw sy'n rhoi yr **arch** yn archarwyr. Yr **arb** yn arbennig. Yr **anh** yn anhygoel. Yr **aa** – ym, wel, chi'n deall be sy 'da fi.'

'Mae pob un o'r Alffas yn siŵr o ennill clogyn ar ddiwedd y tymor,' meddai Miss Breian mewn llais mawr, fel petai ar lwyfan yr Eisteddfod Genedlaethol, 'clogyn sy'n dangos i'r byd eu bod nhw'n Archarwyr Anhygoel ac wedi graddio o'r Academi fwyaf Arbennig yn y wlad.'

# Pennod 6

'Nawr 'te! Hen bryd i ni ddechre ar y gwaith,' meddai Miss Breian gan binio rhestr hir o gyfarwyddiadau i fyny ar y bwrdd gwyn. 'Dyma her gyntaf y tymor.'

**Achub Pegi'r Parot**

Mae Pegi'r parot wedi cael ei dwyn gan fôr-ladron mwyaf peryglus yn y byd ac wedi cael ei chloi mewn carchar ar ynys rhywle yng nghanol Môr y Caribî.

**Yr her yw:**

1. Dod o hyd i'r ynys
2. Dod o hyd i garchar Pegi'r parot
3. Achub Pegi'r parot rhag y môr ladron
4. Dod â Pegi'r parot yn ôl i'r Academi yn ddiogel
5. Dod ag un o wyau aur Pegi yn ôl
6. Marciau llawn i'r arwr sy'n llwyddo

'Be sy'n arbennig am Pegi'r parot?' Ar Dicw mae Miss Breian yn syllu efo'i llygaid pelydr-X. 'Dicw?'

'Dwm-bo.'

'Wel, mae hi'n dodwy wyau o **aur pur**.' Mae Miss Breian yn gadael i hynny suddo i feddwl Dicw am ychydig.

Wyau aur? Mae gan hyd yn oed *parot* un siwpyr-bŵer yn fwy na fi, meddylia Dicw.

'Iawn, Blwyddyn 6. Pawb yn barod?' O boced ei throwsus mae Miss Breian yn estyn *stopwatch*, mynd allan o'r dosbarth, cuddio tu ôl y drws a gweiddi i mewn i'r stafell, 'Mae eich amser chi'n dechre... **NAWR!**'

'Galw hwnna'n her?' Hedydd sy'n wfftio. Ac efo **3-2-1** a'r ogla llosgi arferol, i fyny â fo fel bwled, crashio reit drwy'r to, hedfan i'r awyr ar gyflymder golau, a diflannu i'r stratosffer – gan adael dim byd ond llechi wedi malu ar ei ôl.

Dan sy nesa, yn chwipio map allan a thanio'r peiriant Twm Twm. Ac mewn chwinciad, mae ei ben wedi newid i siâp sgriw anferthol a dril yn troi dan ei draed. **D-r-r-r-r-r!** I lawr â fo drwy'r llawr, gan dyllu drwy'r teils coch fel twrch daear beionig nes bod y stafell yn llawn pridd a cherrig mân. (Rŵan wyt ti'n deall pam bod Miss Breian yn cuddio y tu ôl i'r drws?)

'Her anarferol o hawdd. Wel, i ni'r Alffas beth bynnag,' meddai Ann, gan edrych i lawr ei thrwyn ar bawb. **Pwff!** Jest fel'na, mae Ann wedi diflannu. Yn hollol anweladwy. Ac oni bai am yr olion traed yn y llwch sy'n mynd yr holl ffordd i'r toiled, fysech chi ddim yn gwybod i ble'r aeth hi.

# Pennod 7

Erbyn hyn, dim ond pedwar sydd ar ôl yn y dosbarth. Tishia, Ben, Dicw ac Alaw, merch dal, dal â gwên fawr lydan, fel arfer. Ond dydy hi ddim yn gwenu rŵan. A dweud y gwir, mae hi bron â chrio.

'**Iiiiii-iiii,**' mae Alaw'n chwibanu. Yn dawel a swynol i ddechrau ac yna yn uwch ac yn uwch nes bod ei cheg mewn siâp megaffon enfawr, a'r sŵn mwya **erchyll** yn dod allan, fel gwichian ewinedd yn crafu bwrdd du.

'**Iiii-i-iii-iii-iiii-iiii.**'

Rhywsut, mae pawb yn gwybod yn iawn beth mae hi'n ei ddweud, sef, 'Alla i byth achub Pegi'r parot.'

'Na fi,' meddai Tishia, yn darllen yr her oedd hi wedi'i chopïo ar hen ddarn o bapur cyn ei rowlio'n belen flêr a'i stwffio yn ei phoced.

'Na fi,' meddai Ben.

Un ar ôl y llall, maen nhw i gyd yn dechrau mynd i banic. Panic go iawn.

Mae Tishia yn tisian yn afreolus. '**AAAaa-tiSHSHSHSH-WWWWWW!**'

Mae gwallt Ben yn sbyrtio gymaint, mae'n cael trafferth ei **Snip-SNIP-SNIPIO** efo'r sisyrnau saff yn ddigon cyflym.

'**Iiiiii-IIII!**' Ac Alaw yn gwichian mor uchel, mae pob un o ffenestri'r stafell yn malu'n racs.

Mae'r tri yn poeni gymaint, maen nhw allan o bob rheolaeth. Yn tisian, sbyrtian a gwichian yn waeth ac yn waeth. Ac yn bownsio dros y stafell fel popcorn yn popio mewn popty ping.

'Peidiwch! **PEIDIWCH!**' Mae Dicw'n gweiddi dros y ffradach i gyd gan roi cymaint o sioc i'r tri, maen nhw'n stopio tisian, sbyrtian a gwichian ac yn syllu yn hurt ar eu ffrind newydd. 'Rhaid i ni weithio fel tîm. Dyna'r unig ffordd i achub Pegi'r parot.'

'Fedra i ddim gweithio mewn tîm,' meddai Ben yn ddigalon, 'Dwi'n rhy od.'

'Rhy od?' meddai Dicw ar unwaith. 'Wel, 'dan ni i gyd ychydig yn od, tydan?'

'Ydan ni?' Mae Ben yn cael trafferth credu hynny.

'Fedran ni fod yn od efo'n gilydd,' meddai Dicw, 'Mewn tîm fel… fel Tîm... ym... yr... ym... Ods.'

'Tîm. Yr. Ods?' Mae Tishia yn nodio, ei thrwyn trwmped mawr coch yn ddwbwl ei faint ar ôl tisian gymaint. 'Ie! Syniad da, Dicw.'

'**Iii-iii-iii**,' Mae Alaw'n cytuno hefyd, ac yn edrych yn hapusach o lawer.

'Yr Ods. Waw! Cŵl!' meddai Ben, sydd, erbyn hyn, wedi cynhyrfu gymaint mae o bron â llyncu ei fwstásh.

'**Tîm yr Ods!**' Maen nhw i gyd yn neidio a gweiddi a gwneud pump uchel. '**HWRÊ!**'

Ar ôl i bawb gallio ychydig, mae Ben yn troi at Dicw a holi, 'Felly, sut wnawn ni achub Pegi'r parot?'

'Dwm...' *Dwm-bo* sydd ar flaen tafod Dicw... jest fel oedd o'n ei ddweud bob tro roedd rhywun yn gofyn cwestiwn iddo. Ond yn sydyn, mae o'n cael syniad. Rhywsut, mae o'n gwybod yn union sut i achub Pegi'r parot.

'**Dwi'n gwbod,**' meddai, dan wenu. '**Gwrandewch, mae gen i syniad.**'

# Pennod 8

'Ben, tyrd yma,' meddai Dicw ac arwain Ben i ganol y stafell ddosbarth. 'Rŵan, tyfa dy wallt yn hir iawn, iawn.'

'Hawdd!' Mae Ben yn sgriwio ei lygaid ynghau ac yn dechrau meddwl am dyfu ei wallt...

- Mae o'n meddwl am wallt hir, sgleiniog fel sy yn yr hysbysebion siampŵ drud.

- Wedyn mae o'n mynd trwy'r holl offer gwallt sy'n ei fag – y brwsh, crib, sgrynshis, eli llau pen ac ati.

- Mae o'n meddwl am gasgliad o wigs Anti Jin drws nesa.

- Meddwl am flew hir yr iac ciwt oedd yn sw Caer.

Mae o hyd yn oed yn meddwl am stori Rapunzel.

Ac ar ôl meddwl am bethau gwalltog nes bod ei ben yn pwmpio, mae Ben yn agor ei lygaid, dweud **tara!** ac yn disgwyl gweld tonnau o wallt meddal reit at y llawr.

Ym, dim byd.

'O!' Mae Ben yn siomedig.

'Be sy, Ben? Pam dydy dy wallt di ddim yn tyfu?' Mae Dicw yn ceisio holi'n garedig ond y tu fewn mae o'n poeni. A fydd y cynllun yn gweithio?

'Sgen i ddim syniad. Mae o'n hawdd fel arfer.'

'Ie wel, mae Miss Breian yn gywir, ti'n gweld,

Dicw,' meddai Tishia efo sniff mawr swnllyd a sychu ei thrwyn efo cefn ei llaw. 'Dy'n ni'n tri ddim fel yr archarwyr eraill. Ni heb ddysgu sut i reoli ein siwpyr-bŵer eto.'

'Sorri, Dicw,' meddai Ben yn ddigalon a sychu ei lygad dde efo cornel hances Tishia. 'Dwi ddim yn medru jyst *gwneud* i'r gwallt dyfu.' Mae'n chwythu ei drwyn yn swnllyd.

Mmmm, meddylia Dicw. Fydd hyn lot anoddach nag oeddwn i'n ei feddwl.

Yn sydyn, mae o'n sylwi ar gas sbectol Miss Breian ar y ddesg.

**Brên-wêf**.

'Ti ddim isio i Miss Breian roi ffrae i ni, nagwyt?' hola Dicw, gan gipio'r cas sbectol, a chlicio'r botwm nes bod y ffon hir laser yn ymddangos reit o flaen trwyn Ben.

'**Na-a-a-a-c-y-d-w!**' Ysgwyd ei ben mae Ben, a throi'n wyrdd â smotiau o chwys yn ymddangos ar ei dalcen. Ond mae Dicw yn mynd ymlaen ac ymlaen, yn gas braidd, gan chwifio'r ffon laser yn beryglus o agos at drwyn Ben.

'A ti ddim isio iddi hi syllu reit i mewn i'n pennau ni efo'i llygaid pelydr-X nes bod ein brêns ni'n ffrio?'

'**Na-a-a-a-c-y-d-w**,' meddai Ben, ei ddwylo'n crynu a'i bengliniau'n clecio.

'Nac isio i Hedydd dy bryfocio di o flaen y dosbarth eto?'

'**N-a-a-a**.' Ysgwyd ei ben yn nerfus iawn mae Ben.

Mae Alaw a Tishia wedi cael sioc wrth glywed Dicw yn dweud pethau mor gas wrth chwifio'r ffon laser yn wyneb eu ffrind, ac yn sibrwd yn ei glust.

'Shhh, Dicw, ti'n codi ofn ar Ben.'

Dydy Dicw ddim yn ateb, jest yn pwyntio at Ben. Mae Tishia ac Alaw yn troi i weld Ben yn gweddnewid yn llwyr. Wrth iddo ddweud **n-a-a-a** ac ysgwyd ei ben o ochor i ochor, mae ei wallt yn tyfu ac yn tyfu, jest fel yr hysbysebion siampŵ. Yn hirach ac yn hirach, nes bod y stafell ddosbarth yn llawn o wallt.

'Ha! Chwarae ar ei nerfau wnest ti,' meddai Tishia yn llawn edmygedd. 'Fi'n deall nawr.'

'**Iiiiii!**' Mae Alaw yn chwibanu – **Jiniys!**

Mewn chwinciad mae Dicw wedi dechrau plethu cudynnau o wallt ac yn gweiddi ar y lleill i'w helpu. Ac o fewn dim mae'r criw wedi plethu gwallt Ben yn bedair rhaff hir a chryf.

'**Waaaaw**,' meddai Tishia yn ei llais-bocs-tishws, gan gamu yn ôl ac edmygu'r gwaith.

'**Iiiiii!**' Mae Alaw yn estyn drych bach o fag Ben ac yn ei chwifio o flaen ei drwyn er mwyn iddo weld ei adlewyrchiad.

Does neb wedi synnu cymaint â Ben. Sy'n edrych yn od iawn efo pedair rhaff fawr yn tyfu allan o'i gorun. Heb sôn am y farf hir, mwstásh fel slygsan, aeliau gwelltog, a'r blew trwyn sy'n gorchuddio ei wyneb i gyd. A bod yn onest, mae Ben yn edrych fel ieti bach ciwt a'i geg yn lled agored.

'Iawn, Tishia, ti sy nesa. Agor dy fag.' Mae Dicw yn gofyn iddi hi estyn yr hances fwyaf o'r bacpac a dyma hi'n agor hances maint dwfe dwbwl a'i gosod hi ar lawr y dosbarth. Dydy hi ddim yn lân iawn, yn anffodus.

'Sgen ti ddim un arall?'

'Nago's, hon yw'r fwyaf sy 'da fi. Pam?' hola Tishia'n

bryderus, a'i llais fel petai o mewn dau focs tishws. 'Be sy'n bod arni hi?'

'Dwm-bo...' meddai Dicw cyn egluro, '... ym... mae hi'n hances les, efo tyllau ynddi hi. Beth arall sy gen ti?'

'Wel mae 'da fi hen hances Anti Annwyd, wnaiff honno'r tro?' Allan o'i bacpac mae Tishia yn estyn hances denau, denau, maint dwfe sengl. 'Mae hon yn antîc, tua chant oed medde Mam.'

Ac mae hi'n edrych fel antîc cant oed hefyd – yn denau fel papur toiled rhad, yn dyllau pry drosti hi ac yn gartref i deulu anferthol o bryfed cop. Fydd rhaid iddi hi wneud y tro, meddylia Dicw wrtho'i hun.

'Tishia, Alaw, daliwch chi raff gwallt bob un. Ben, paid â symud.' Ac mae Dicw yn gafael yng nghorneli'r hances-gant-oed ac yn eu clymu yn sownd i'r rhaffau gwallt mewn cwlwm dwbwl ac yna'r sgrynshis, er mwyn bod yn saff.

'Rŵan, Alaw, dwi isio i ti chwibanu gymaint ag y gelli di i mewn i'r hances.'

'**Iiiiiii!**' Mae Alaw yn chwibanu i'r hances. Dim byd.

'Chwytha'n galetach.'

'**Iiiiii-iiiiiii-iiiii.**'

Mae Alaw yn chwythu ac yn chwythu ac yn chwibanu ac yn chwibanu'n galed iawn nes ei bod hi'n swnio fel jymbo jet. Ac yn araf, mae'r hances yn llenwi efo aer ac yn mynd yn **fwy** ac yn **fwy**, ac yn **fwy**. Ac efo un **Iiiiii** mawr arall, mae hi'n dechrau codi i'r awyr yn union fel...

'**Balŵn aer poeth!**'

O'r diwedd mae Tishia, Alaw a Ben wedi sylweddoli beth oedd Dicw yn ceisio ei wneud. Balŵn. Ac efo '**www**' ac '**aaa**' a '**iiiiii**' mae Tishia, Alaw a Dicw yn neidio ar ben Ben jest mewn pryd, cyn i'r balŵn tew godi drwy'r twll yn nho'r Academi a hedfan i fyny yn uchel i'r awyr las.

Mae tîm yr Ods ar eu ffordd i achub Pegi'r parot.

# Pennod 9

Am hir, mae'r balŵn yn siglo yn beryglus o un ochor i'r llall tra bod pawb yn ceisio gwneud eu hunain yn gyfforddus ar ben Ben. Mae Alaw yn cicio'i choesau, Tishia yn methu cael ei balans ac yn tynnu, a Dicw yn bownsio ar gyrlen hir, nes bod Ben druan mewn poen.

'**Aaaaw!** Gwylia be ti'n ei wneud,' meddai Ben wrth Alaw. 'Fy mwstásh i ydy hwnna.'

'**Iiii,** sorri,' meddai hi.

O'r diwedd maen nhw i gyd wedi dod o hyd i le diogel – Alaw yn eistedd reit ar dop pen Ben er mwyn chwythu aer i fyny i'r balŵn, Tishia fach wedi sodro ei hun rhwng un o'r rhaffau a blew clust Ben, a Dicw yn hongian oddi ar y bag ar gefn Ben, wedi'i glymu'n sownd gan ddefnyddio'r sgrynshis cryf. Rŵan maen nhw'n barod ar gyfer rhan gyntaf y dasg i achub Pegi'r parot –

## 1. Dod o hyd i'r ynys.

'Chwytha'n gynt wnei di, Alaw,' meddai Dicw yn flin. 'Rhaid i ni fynd yn gyflymach na hyn.'

Does neb yn hoffi cael eu bosio, nagoes – yn enwedig Alaw. A dyma hi'n '**Iiiiii-io!**' mor uchel a blin nes bod clustiau pawb yn pwmpio.

'Mae'n ddrwg gen i, Alaw,' mae Dicw yn gweiddi dros y twrw. 'O'n i ddim yn meddwl bod mor gas.'

Ar y gair, mae chwiban Alaw yn newid, yn mynd yn fwy swynol, ac yn swnio fel aderyn bach yn trydar. Ond y peth odia ydy – does gan Dicw ddim syniad beth mae hi'n ei ddweud ac mae golwg wedi rhyfeddu ar Tishia a Ben hefyd. Beth sy'n digwydd?

O unman, daw cwmwl mawr tywyll tuag at y balŵn. Ond wrth ddod yn nes, daw yn amlwg nad cwmwl ydy hwn ond haid o wylanod swnllyd. Mae'r gwylanod yn hedfan o gwmpas y balŵn nes ei fod mewn niwl trwchus o adar – teimlad annifyr, sy'n codi ofn ar Dicw. Doedd hyn ddim yn rhan o'r cynllun.

Ond mae Alaw yn gwybod yn union beth mae hi'n ei wneud. Mae hi'n chwibanu ar y gwylanod ac fel un, maen nhw'n agor eu pigau yn llydan ac yn bachu ochrau'r hances antîc. Yna, efo'i gilydd, maen nhw'n codi'r balŵn yn uchel yn yr awyr a hedfan fel y gwynt, y môr yn bell islaw.

'**Beeeeth?**' meddai Dicw mewn syndod. 'Ti'n gallu siarad efo anifeiliaid?...Ym, gwichian... ym, chwibanu efo anifeiliaid, dwi'n feddwl,' meddai wedyn, wedi cael cymaint o sioc, dydy o ddim yn siŵr iawn beth mae o'n ei ddweud. 'Pam wnest di ddim sôn?'

'**Iiii iii ii iii iiiii!**' oedd ateb Alaw, sydd wrth gwrs yn golygu, 'Achos wnest ti ddim gofyn.'

Mae Dicw jest yn syllu ar ei ffrindiau newydd yn gegagored a meddwl – falla fod gan rain siwpyr-bŵerau ond does ganddyn nhw ddim iot o synnwyr cyffredin! **Anghredadwy.**

'Beth arall elli di wneud?'

'O mae Alaw yn archarwr go iawn, ti'n gwbod, Dicw.' Tishia sy'n ateb ei gwestiwn. 'Mae 'da hi siwpyr-bwerau hollol anhygoel. Ond mae hi'n rhy ddiymhongar a dirodres i sôn wrth neb.'

'Wyt ti 'di llyncu geiriadur, Tishia? *Di-ym-hon-gar*? *Di-rod-res*?'

A gyda '**hmmmff**' mae Tishia yn egluro wrth Dicw beth mae hynny'n ei feddwl –

– bod Alaw byth yn brolio am ei phwerau arbennig,

– bod Alaw byth yn dangos ei hun,

– bod doniau Alaw llawer gwell na thishian bob munud,

– neu dyfu blew fel ieti,

– a'i bod hi'n gallu eu rheoli nhw'n eitha da erbyn hyn hefyd.

Cochi'n swil mae Alaw a chwibanu 'Fflat Huw Puw' iddi hi ei hun yn yn gobaith y bydd Tishia yn stopio siarad amdani. Nodio'n llawn edmygedd mae Dicw. **Waw. Clyfar.**

Wrth iddyn nhw hedfan drwy'r awyr, mae Tishia, Alaw a Ben yn cael cyfle i sôn wrth Dicw am rai o straeon doniol Yr Academi Arbennig i Archarwyr Anhygoel.

**Stori Doctor Bleddyn yn sownd yn y toiled un noson lleuad lawn**, ac Alaw wedi galw ar holl bryfed pren yr ysgol i ddod i'r toiledau, bwyta drwy'r drws a rhyddhau Y Doc cyn iddo droi yn flaidd am hanner nos. (Mae'r Doc yn flaidd-ddyn – am siwpyr-bŵer anhygoel!)

**Stori Ben yn syrthio drwy ffenest y llyfrgell** ar y pedwerydd llawr, plymio i lawr i'r ddaear, glanio ar y gwallt oedd fel matres ar ei ben a bownsio'r holl

ffordd yn ôl i fyny. Roedd o'n ôl trwy ffenest y llyfrgell ac yn stampio ei lyfr *Hanes Blew y Byd* cyn i Miss Breian sylwi.

**Stori enwog Tishia yn tisian** mor ffrwydrol, fe neidiodd pawb o dan eu desgiau, gan feddwl bod bom wedi disgyn ar yr Academi.

Ond roedd 'na straeon am archarwyr cas hefyd, a doedd y rheiny ddim yn ddoniol o gwbwl.

**Stori Hedydd yn cipio bynsen Ben** a gwibio i fyny i'r stratosffer ar gyflymder o 10km yr eiliad, a thynnu Ben efo fo drwy afael yn ei wallt.

**Stori Dan yn dwyn olwynion Rol**, tyllu i grombil y ddaear a'u claddu nhw.

A **Stori Ann yn gwneud ei hun i ddiflannu**, ysgrifennu'r atebion anghywir ar y bwrdd gwyn a chael Gwyddfid i drwbwl.

Ydyn, mae'r Alffas yn bwlio, a does dim syndod bod y tri yn eu casáu nhw. Lle digon od ydy'r Academi, meddylia Dicw.

'Oedd bwlis yn dy hen ysgol di, Dicw?' hola Ben.

'Dwm-bo... wel, oedd mae'n siŵr. Ond mae bwlis sy'n archarwyr lot fwy peryglus, dydyn!'

'Doedd dim archarwyr yn dy ddosbarth di, felly?'

Mae Dicw yn difaru sôn am ei hen ysgol. Dydy o ddim yn barod i egluro wrth ei ffrindiau newydd am fan'no eto. Na chyfaddef ei fod o, Dicw, yn aelod o'r **Dosbarth Diwerth i Ddisgyblion Didalent**, y grŵp gwaethaf yn yr ysgol.

Ond mae cwestiwn nesa Ben hyd yn oed yn waeth. Y cwestiwn y mae Dicw wedi bod yn ofni ei glywed ers cyrraedd yr Academi'r bore 'ma.

**‘Felly beth ydy dy siwpyr-bŵer di, Dicw?’**

A diolch byth, cyn i Dicw gyfadde, ‘Dwm-bo,’ mae rhywbeth pwysicach o lawer yn tynnu sylw yr Ods.

# Pennod 10

'Yr Ynys!'

Dot bach gwyrdd fel pen pin yn y môr glas ydy'r ynys bell ar y dechrau. Ond dydy hi ddim yn fach am hir – mae hi'n mynd yn **fwy**... ac yn **fwy**... ac yn **fwy** wrth i'r gwylanod sy'n dal y balŵn agosáu yn gyflym iawn. Pan mae'r gwylanod reit uwchben yr ynys, maen nhw'n agor eu pigau ac efo **crawc** swnllyd, yn gollwng y balŵn ac mae hwnnw'n plymio i lawr i'r ddaear.

'Do'dd hynna ddim yn rhy ffôl,' meddai Tishia ar ôl i'r criw lanio – wel, crashio – ar y tywod.

'Dim i ti, falla.' Llais Ben ydy hwnna ac mae'n dod o rywle o dan eu traed. Mae Ben wedi suddo i mewn i'r tywod o dan bwysau'r balŵn a rŵan mae o'n sownd mewn twll!

Efo'i gilydd mae Tishia, Alaw a Dicw yn palu yn y tywod a thynnu Ben allan.

'Ti'n iawn, Ben?' hola'r tri.

'Hmff. Ydw, mae'n siŵr,' meddai'n bwdlyd, ei farf yn llawn tywod, gwymon yn ei fwstásh a chranc bach coch yn cuddio yn y blew hir sy'n tyfu o'i glustiau. Yn ddi-lol, mae o'n estyn ei sisyrnau ac efo **snip-snip-snip** yn torri'r blew hir.

‘Bydd yn ofalus,’ gwaedda Dicw wrth sylwi bod y sisyrnau yn rhy agos o lawer at un o’r rhaffau gwallt sy’n dal y balŵn. ‘’Dan ni angen y rhaffau ’ma i hedfan yn ôl, cofia.’ Ac mae Dicw yn rowlio’r rhaffau gwallt, yn plygu hances antîc Anti Annwyd yn daclus a chlymu’r cwbwl mewn rhubanau coch ar gefn Ben. Roedd o’n edrych yn debyg i falwoden flewog.

Yn y cyfamser, mae Tishia wedi estyn y papur blêr o'i phoced a thicio rhif 1 –

**1. Dod o hyd i'r ynys** – cyn ei rowlio'n belen fach a'i stwffio'n ôl yn ei phoced gefn.

O'r diwedd, dyma gyfle i'r pedwar syllu o'u cwmpas a gweld yr holl bethau rhyfeddol sydd ar yr ynys arbennig yma.

Mae hi'n ticio'r bocsys i gyd:

- Tywod fel siwgwr mân .......................... ☑
- Môr glaswyrdd, hollol glir .................... ☑
- Cwrel pinc o dan y dŵr ........................ ☑
- Pysgod bach lliwgar ............................ ☑
- Cregyn prydferth ................................ ☑
- Coed palmwydd tal ............................. ☑
- Blodau anferthol ................................. ☑
- Coed ffrwythau – banana, mango, pinafal ... ☑
- Coed cnau coco, cnau mwnci, cnau almwn .. ☑

**Waaaaw!** Lle anhygoel. Paradwys llwyr.

Yn gyffro i gyd, mae Tishia, Ben, Alaw a Dicw yn rhuthro o amgylch yr ynys yn **www-ian** ac **waaawww-ian** a **iii-ian** am brydferthwch y lle. Ac fel un, mae'r Ods yn cael syniad...

**Picnic!**

Mae pawb yn casglu llond côl o ffrwythau a chnau, a chyn bo hir maen nhw wedi gosod un o hancesi bach (glân) Tishia ar y tywod fel blanced bicnic a phentyrru'r bwyd arni. Dyna wledd: tri bwnshiaid o fananas melyn, deuddeg cneuen goco flewog, pum pinafal pigog, naw mango melys, celc o gnau mwnci a thŵr mawr o gnau almwn.

**Bendigedig.** Ac mae'r criw yn eistedd ar y traeth yn mwynhau eu picnic blasus.

'**Iii-iii-ii-iiiiii!**'

'Ydy, mae hyn yn nefoedd,' meddai Dicw.

'Fyswn i'n dwlu cael byw ar yr ynys hon,' meddai Tishia yn freuddwydiol, cyn dechrau tishian yn afreolus ar ôl arogli blodyn anferth o las a melyn.

'A finna. Byswn i'n ddigon hapus i fod yn sownd yn fan'ma am byth,' meddai Ben.

'**Iiiii ii iiiii. Iii iiiiii?**' Sownd yn fan'ma. Fel carchar?

Fel un, mae'r criw yn cofio pam eu bod nhw yno, yn neidio ar eu traed ac yn gweiddi, '**PEGI! Rhaid i ni achub Pegi'r parot. A threchu môr-ladron mwyaf peryglus y moroedd.**'

'Be wnawn ni, Dicw?'

'Dwm...' Dwm-bo oedd Dicw am ateb, ond rhywsut roedd o'n gwybod yn iawn beth i'w wneud. A beth ddaeth allan o'i geg ond... '**Dwi'n gwbod...**'

# Pennod 11

'Dowch efo fi.' Mae Dicw yn arwain Tishia, Alaw a Ben at graig uchaf yr ynys. 'Alaw,' meddai Dicw yn awdurdodol gan bwyntio at y graig, 'i fyny â ti.'

**'Iii ii?'**

'Pam ti? Wel, achos ti ydy'r talaf,' meddai Dicw, sy'n synnu unwaith eto nad oes gan yr un o archarwyr yr Academi unrhyw synnwyr cyffredin o gwbwl. 'Mi wna i roi hwb i ti.' A dyma Dicw yn rhoi ei ddwylo at ei gilydd i roi hwb iddi, Alaw yn hopian, rhoi un troed ar ei ddwylo a dringo i fyny yn drwsgwl gan gicio trwyn, plygu clust a thynnu gwallt Dicw druan. All Ben na Tishia ddim helpu llawer – maen nhw'n rhy brysur yn ceisio peidio chwerthin wrth wylio Alaw yn sathru ar Dicw.

O'r diwedd, mae Alaw ar ben y garreg fawr ac yn edrych o'i chwmpas.

'Wel? Weli di hi? Weli di long y môr-ladron?'

'**Iiiiii.**'

'Ti'n siŵr?' Mae Ben yn poeni.

'**Iiiiiii!**' Naaaaaa!

'Ti'n hollol siŵr?' Mae Ben wirioneddol yn poeni. Dydy Alaw ddim yn trafferthu ateb eto, jest yn syllu ar Ben am hir.

'Dydy'r môr-ladron ddim ar yr ynys, diolch byth,' meddai Dicw, 'Rŵan, rhaid i ni anfon neges at Pegi'r parot. Alaw, ti'n barod?'

Mae Dicw yn pwyntio at Alaw fel petai o'n arwain cerddorfa, a dyma hi'n dechrau...

- Yn gyntaf mae hi'n anadlu i **mewn** ac i **mewn** ac i **mewn** nes bod hi'n grwn fel balŵn mawr tew efo dwy fraich a dwy goes yn sticio allan.

- Wedyn mae hi'n gwneud ei cheg yn fwy ac yn fwy nes ei fod yn siâp **trwmped**.

- Ac yna'n siâp **trombôn**.

– Ac yna... waw... tiwba! yn barod i chwibanu mewn Parot-eg (sef iaith parot, wrth gwrs) dros yr ynys i gyd.

Am dwrw! Mae'r chwibanu mor swnllyd, mae'r pysgod yn plymio i waelod y môr, y crancod yn cropian o dan y cerrig a dwy goeden fango yn crynu cymaint efo'r atsain, mae'r holl ffrwythau yn syrthio o'r canghennau ac yn slwj ar y llawr.

Mae Alaw'r balŵn yn chwibanu mor hir nes ei bod hi'n hedfan o gwmpas yn wirion o wyllt, yn union fel balŵn go iawn yn gollwng aer. Yn y diwedd, mae hi'n glanio ar y traeth yn hollol fflat, wedi colli pwff i gyd.

**Waw! Parch!** Dyna beth oedd siwpyr-bŵer, meddylia Dicw wedi'i syfrdanu.

'Ti'n iawn, Alaw?' hola Ben, gan ei helpu hi i eistedd. Mae hi'n edrych yn ofnadwy – ei hwyneb yn wyrdd ac yn biws bob yn ail, fel petai hi am lewygu.

'Mae hi'n teimlo'n benysgafn,' meddai Tishia wrth estyn hances o'i bag a dechrau ei chwifio o flaen Alaw. 'Angen awyr iach.'

Dydy Alaw ddim yn medru ateb, ond o'i hwyneb hi mae'n amlwg nad ydy hi'n hoffi cael hances snotlyd Tishia yn chwifio o flaen ei thrwyn!

'Beth am hwn?' meddai Ben, gan estyn sychwr gwallt, troi'r tymheredd i fod yn oer a chwythu'r gwynt braf i wyneb Alaw nes ei bod hi'n dod ati ei hun.

Maen nhw mor brysur yn helpu Alaw, does neb yn clywed y sŵn sy'n cario yn yr awel o ochor arall yr ynys.

**Bib-bib-bib**

**Biiiiib-biiiiib-biiiib**

**Bib-bib-bib**

'Sh! Gwrandewch,' meddai Dicw ac mae pawb yn gwrando'n astud.

**Bib-bib-bib**

**Biiiiib-biiiiib-biiiib**

**Bib-bib-bib**

'Beth ydy hwnna?'

'Tri byr, tri hir, tri byr. Dach chi'n gwbod beth ydy'r neges yna, dydach?' meddai Dicw ond mae'r gweddill yn edrych yn hollol ddi-glem ac yn ysgwyd eu pennau. '**S.O.S.**, siŵr iawn.'

'**Es – O – Es? S.O.S.?**' meddai'r lleill. 'Pegi'r parot!'

Ar unwaith, mae Dicw yn neidio ar ei draed ac yn rhedeg fel y gwynt tuag at y sŵn S.O.S., a Tishia, Ben ac Alaw yn dynn ar ei sodlau. Rhedeg i fyny'r traeth. Drwy'r bryniau o dywod. Dros y creigiau. Heibio'r coed ffrwythau a'r mangos slwj ar y llawr. Rhuthro ar hyd llwybr igam-ogam. Heibio'r coed cnau. Nes cyrraedd pentwr uchel o gerrig mawr.

Yn bwyllog, mae'r pedwar yn dringo i ben y pentwr. Ar y top mae caead trwm o bren trwchus

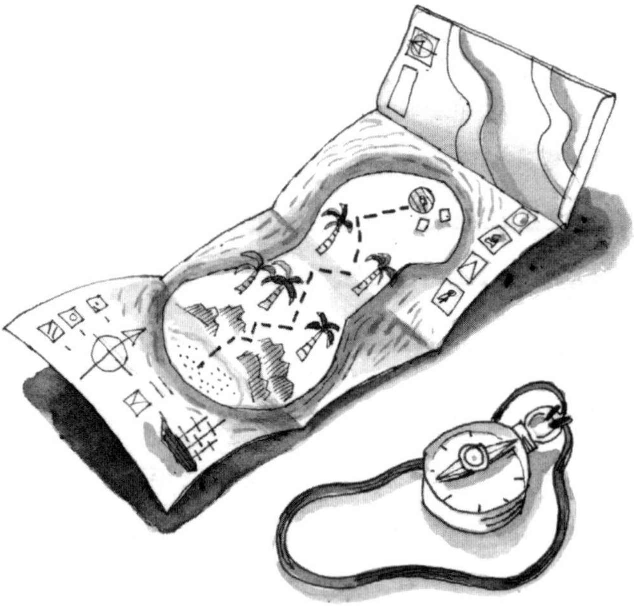

ac ar ôl codi hwnnw maen nhw'n gweld y carchar. Twll sy'n mynd yn ddwfn, dwfn i lawr i'r ddaear, yn debyg i ffynnon sydd yno. A reit ar y gwaelod, mae fflach o felyn a choch – Pegi, y parot lliwgar sy'n dodwy wyau aur, wedi cael ei charcharu gan y môr-ladron. Mae'r Ods wedi llwyddo i ddod o hyd i Pegi, ac ar unwaith, mae Tishia'n estyn y papur blêr o'i phoced ac yn ticio – **Rhif 2: Dod o hyd i garchar Pegi'r parot**.

Heb oedi, mae Alaw yn rhoi ei phen i mewn i'r twll ac yn dechrau chwibanu ar Pegi, chwiban sy'n swnio fel marblis aur yn tincial mewn poced. Ond mae Pegi'n deall yn iawn ac yn ddigon buan mae'r ddwy yn sgwrsio mewn Parot-eg. A dyma mae hi'n adrodd wrth Alaw:

**Pegi ydw i, parot pwysicaf y byd,**
**sy'n enwog am ddodwy wyau aur drud.**
**Fi'n popo nhw mas, efo sgwawc a phlop,**
**un ar ôl llall – does dim stop.**

Ond ar ôl brolio â'i phig yn yr awyr, mae'r gwir yn dod allan:

**Ro'n i'n bwysig, yn enwog, yn barot o fri,**
**ond nawr rwy'n garcharor mewn twll mawr du.**
**Mae'r môr-ladron cas wedi 'nghlymu i'r nyth,**
**a gen i gymaint o ofn, wna i ddodwy byth.**
**Rwy'n gwthio a gwthio, eisiau un mawr,**
**ond fydd dim un wy aur yn dod yn awr.**

'O, Pegi druan. Sut gawn ni hi mas, Dicw?' Tishia sy'n holi.

Dwm-bo oedd Dicw am ddweud, ond mae'n stopio ei hun jest mewn pryd... '**Dwi'n gwbod!**' Unwaith eto, mae Dicw wedi meddwl am gynllun.

# Pennod 12

'Reit, Ben, dwi isio i ti dyfu cyrlen o wallt,' meddai Dicw, yn rhoi rhan gyntaf ei gynllun ar waith, 'Un hir, fownsiog, fel sbring.'

'Iawn, ond paid â dychryn fi eto, a 'ngwneud i'n nerfus. Roedd hynny'n ofnadwy.' Mae Ben druan yn crynu wrth gofio'r tro diwethaf.

'Weithiodd o, yn do?' meddai Dicw yn ddiamynedd, cyn anadlu'n ddwfn a chanolbwyntio. 'Iawn. Ben... 3... 2... 1... **Amdani!**'

Mae Ben yn sgriwio'i lygaid ar gau a meddwl am bethau gwalltog fel y wigs a Rapunzel ac ati.

'Dydy o ddim mor hawdd â hynny, Dicw,' meddai Ben ar ôl ychydig. Ac mae hi'n amlwg bod Ben yn dweud y gwir achos does dim cyrlen hir wedi tyfu ar ei ben. Ond rhywsut, mae o *wedi* llwyddo i dyfu...

- blew trwyn sy ddigon hir i wneud tei bô,
- mwstásh fel polyn, digon llydan i deulu o ditw tomosus glwydo arno,
- blew clustiau sy mor gyrliog maen nhw'n edrych fel clustffonau cawr,
- aeliau mor drwchus all o ddim agor ei lygaid,
- A blew coch llachar fel ffrinj côt cowboi ar ei freichiau (dydy hynny erioed wedi digwydd o'r blaen – annifyr)!

Ond does dim sôn am y gyrlen hir, fownsiog, fel sbring.

'Ddudis i fod o'n anodd, yn do, Dicw?' Mae Ben yn estyn y sisyrnau saff ac yn cneifio'r holl flewiach yn ddigalon. **Snip-snip-snip.** Nes bod cwmwl o flew o'i gwmpas.

Wrth gwrs, mae blewyn yn cosi trwyn Tishia, a dyma '**A-a-a-a-a-a-tishWWWWWW!**' ffrwydrol, reit wrth glust Ben. Sŵn sy'n rhoi cymaint o sioc i

Ben, mae ei nerfau yn chwalu'n rhacs. Ac efo **Boing** mawr, mae'r gyrlen hiraf, gryfaf a mwyaf fownsiog erioed yn sbyrtio allan o'i gorun mewn nano-eiliad.

Waw! **Am gyrlen!** Perffaith.

Ffiw! meddylia Dicw wrtho'i hun, roedd hynna'n lwcus.

Yn ofalus, mae Dicw yn egluro'r cynllun i bawb. A'r cynllun yw: Tishia ac Alaw i aros ar y top a dal y gyrlen hir sy fel sbring. Ben i neidio i lawr y twll. Torri'r rhaff sy'n clymu Pegi. Rhyddhau Pegi. Gafael yn sownd ynddi hi a bownsio yn ôl i fyny, lle fydd Dicw yn dal Ben yn ddiogel. **Hawdd!**

'Fel naid bynji ti'n feddwl?' Ben sy'n holi, yn bryderus braidd.

'Dwm-bo... Ym, ia, yn union fel bynji!'

'Dwi erioed wedi gwneud hynny o'r blaen. Mae'n beryg bywyd, dydy?'

Edrych yn amheus mae Alaw a Tishia. A jest cyn i Tishia agor ei cheg a dweud 'Ydy, mae e'n berygl bywyd,' mae Dicw yn gweiddi ar ei thraws hi.

'Fyddi di'n iawn, Ben,' gan geisio'i orau glas i swnio mor obeithiol â phosibl. A lot fwy gobeithiol nag y mae o'n ei deimlo tu fewn. Achos, fel rydyn ni i gyd yn gwybod, mae gwallt Ben yn tyfu pan mae o'n nerfus, felly rhaid peidio â gwneud Ben yn nerfus neu bydd y gyrlen yn tyfu'n rhy hir a bydd o'n bangio'i ben ar lawr y carchar. A does neb eisiau i Ben bendolcio'r llawr, siŵr iawn.

Rŵan, mae pawb yn eu lle. Ben yn barod i neidio, Alaw a Tishia yn dal y gyrlen hir fel sbring, a Dicw yn barod i ddal Ben pan mae o'n bownsio yn ôl i fyny i geg y twll efo Pegi.

'Tri-dau-un. Lawr â ti, Ben... Ac mae Ben yn codi'i freichiau, cau ei lygaid a phlymio pen-gyntaf i lawr y ffynnon fel petai o'n aelod o dîm Cymru mewn cystadleuaeth ddeifio yn y Gemau Olympaidd.

**Boing…**

**Sgwawc!**

**Fyny…**

O! Mae o wedi dal pluen hir goch o gynffon Pegi.

**Boing** am yr eildro.

**Sgwawc!**

**Fyny…**

O! Pluen las. Ond dim Pegi.

**Boing** arall.

**Sgwawc!**

**Fyny…**

O! Pluen felyn. Ond dim Pegi. Siomedig.

Tra bod Ben yn gorffwys am ychydig, mae Tishia yn sibrwd yng nghlust Dicw, 'Wnaiff hyn byth weithio, Dicw, na wnaiff?'

Rhaid i Dicw frathu ei dafod rhag ateb ei chwestiwn efo 'Dwm-bo'. A brathu mor galed mae o'n poeni y bydd o'n cnoi blaen ei dafod i ffwrdd. Aw! Ond mae o'n gwybod y bydd y cynllun yn gweithio, os ydy o'n cael ei wneud yn iawn. Mae rhywbeth o'i le, ond beth?

'Ben, wyt ti'n gallu gweld Pegi yn iawn yn y tywyllwch?' mae Dicw yn holi.

'Wela i ddim byd. Mae fy llygaid i wedi cau mewn cymaint o ofn.'

Beth! Ei lygaid wedi cau? Does dim syndod bod Ben yn dal dim byd ond plu! Meddwl hynny mae Dicw, dim ei ddweud yn uchel, rhag ofn brifo teimladau Ben. Beth mae o yn ei ddweud yn uchel ydy –

'Jyst rho un cynnig arall arni, Ben. A phaid â chau dy lygaid y tro 'ma. Gaddo?'

Nodio mae Ben, addo.

'Barod? Tri-dau-un,' gwaedda pawb efo'i gilydd. Ac mae Ben yn agor ei lygaid yn llydan, rhoi clipiau gwallt ar yr aeliau i gadw nhw'n agored*, anadlu'n ddwfn, dweud gweddi fach, a phlymio i mewn i'r twll tywyll.

*Nodyn Iechyd a Diogelwch: Paid â gwneud hyn adre. Wel, paid â gwneud dim byd arall sy'n y stori yma adre chwaith.

Lawr â fo fel bwled. Mae o'n cipio Pegi, yn torri'r rhaff sy'n ei chlymu hi efo **snip-snip**, yn bachu ei chrafangau hi efo sgrynshi patrwm llewpart a...

**Wwwwyyyysh** i fyny â'r ddau.

**Sgwawc** flin ac mae Pegi yn rhydd o'r carchar, ei phig yn llawn blew locsyn Ben a mwstásh cyfan yn ei chrafangau.

'**Aaaaaaaaww!**' gwaedda Ben mewn poen ofnadwy – wel, mae tynnu blew trwyn a mwstásh yn artaith, tydy? Ond rwyt ti'n rhy ifanc i wybod sut beth ydy tynnu blew mwstásh, mae'n siŵr. Neu lond trwyn o flew. Cred ti fi, mae o **yn** artaith.

Ta waeth – mae Ben wedi achub Pegi o'r carchar yn ddiogel, a Tishia yn ticio Rhif 3 ar y rhestr.

**Rhif 3: Achub Pegi'r parot rhag y môr-ladron.**

Mae pawb wedi gwirioni yn llwyr, yn gwneud pump uchel a dwrn dolcio a slapio cefnau nes eu bod nhw'n gleisiau i gyd. Llwyddiant! Maen nhw i gyd wrth eu boddau. Wel, pawb ond Pegi. Am olwg. Ei phlu coch a melyn wedi'u pwffio i fyny i gyd nes ei bod hi'n edrych fel croes rhwng pompom a piñata.

'Alla i ddim mynd i unman fel hyn,' meddai Pegi wrth Alaw mewn Parot-eg. Wrth gwrs, doedd yr Ods ddim wedi ystyried bod aderyn prydferth fel Pegi'r parot angen pincio , twtio'i hunan, a gwneud ei phlu yn llyfn er mwyn hedfan yn iawn. Heb sôn am yr angen i wneud ei hun yn ddel a dangos ei hun o flaen yr adar eraill. Achos mae Pegi, y parot sy'n dodwy wyau o aur pur, yn aderyn pwysig, pwysig. Ac mae hi'n gwybod hynny yn iawn.

'Ddrwg gen i, Pegi,' meddai Ben gan estyn ei fag offer gwallt. Ac mae o ac Alaw yn brwsio plu adenydd Pegi, cribo ei chynffon hir a rhoi jel ar y plu ar ei phen nes bod hwnnw fel coron ysblennydd.

**'Iiiiii,'**

'Ardderchog,' cytuna Ben, gan godi'r drych bach o flaen Pegi iddi hi gael gweld job mor dda wnaethon nhw.

**'Sgwâââââŵŵŵŵŵc!**
**Dydw i'n bictiwr, dydw i'n ddel.**
**Mae'r goron yn berffaith, diolch i'r jel.'**

Mae Pegi wrth ei bodd ac yn edmygu ei hun yn y drych am hir. Rhy hir o lawer a bod yn onest.

A thra bod pawb yn aros i'r parot lliwgar orffen dangos ei hun...

'**Oi! Chi!**' Daw bloedd sy'n ddigon i fferru'r gwaed.

Yn rhedeg yn syth at griw yr Ods mae dwy fôr-leidr gyhyrog – un yn dal ac yn gryf, a'r llall yn fyr ac yn... wel, cryf.

'**Y môr-ladron!**' Mae pawb yn gweiddi ar unwaith ac edrych ar Dicw gystal â dweud... '**Be Wnawn Ni?**'

A chyn i Dicw agor ei geg i ateb, 'Dwm-bo,' mae o wedi troi ar ei sawdl a rhedeg nerth esgyrn ei draed,

Alaw a Tishia y tu ôl iddo, Ben druan yn rowlio 60-milltir-yr-awr mewn pelen anferth o flew trwchus, a Pegi'r parot yn hedfan uwch eu pennau yn crawcian,

**'Tu ôl i ti! Tu ôl i ti!'**

# Pennod 13

Roedd o siŵr o ddigwydd, yn doedd? Gan fod gwallt Ben mor beryglus o hir, wrth i'r criw redeg i ffwrdd, chwipiodd un o raffau gwallt Ben yn rhydd a baglu Dicw. A rŵan mae Dicw wedi syrthio'n swp ar y llawr, reit wrth draed môr-ladron mwyaf peryglus y moroedd.

'**R-r-r-r-r-r-r!**' meddai'r un fer, yn rowlio'i **r-r-r-r-r** fel petai ei thafod yn injan yn ei cheg. 'Be sy 'da ni yn fan hyn, Ce**r-r-r-r**i?'

'Lleid**r-r-r-r-r,** Le**r-r-r-ri,**' meddai Ceri, yn ceisio'i gorau glas i **er-r-r-r-r-io** yn fwy swnllyd na'i ffrind. Maen nhw'n edrych yn ddychrynllyd – Leri yn fyr, yn llydan ac mor gyhyrog mae ei throwsus streipiog coch a du yn siŵr o rwygo unrhyw funud. A Ceri yn dal ac yn gyhyrog – ei breichiau fel boncyffion coed a'i dwylo fel cerrig beddau.

'Beth yw dy enw di, y sb**r-r-r-r-r**ych?' Ceri sy'n holi.

'Dwm-bo...'

'Ble mae Pegi'r par-r-r-rot?'

'Dwm-bo...'

'A'r-r-r-r wyau aur-r-r-r?'

'Dwm-bo...' Erbyn hyn mae Dicw druan wedi dychryn gymaint mae o'n Dwm-bo-io fel Dwn-im-be.

'Dwm-bo? D-W-M-B-O?' Pa iaith yw hwnna, Ler-r-r-ri?' Mae Ceri yn cnoi'r geiriau yn ei cheg fel petai hi'n eu blasu nhw am y tro cyntaf.

'Wel, Cymr-r-r-r-r-aeg yndê,' meddai Leri yn ddiamynedd, 'Dwm-bo ydy – dwi ddim yn gwybod. Dwn i ddim. Dwn i'm. Wyddwn i ddim. Sa i'n gwbod. Dim clem. Dim syniad. Dim obadeia. Mbo. *Dunno*.'

'Mbo? Pwy yn y byd sy'n dweud hynny? A beth yw obadeia?'

'Callia nei di, Cer-r-r-ri, mae gynnon ni job i'w gwneud yn fan hyn.'

Mae Leri fer yn edrych ar Ceri dal, y ddwy yn nodio ac o fewn chwinciad maen nhw wedi tynnu eu cleddyfau allan a'u pwyntio nhw'n gas at Dicw. Mae cleddyf Ceri yn pwyntio at ei glust, a chleddyf

Leri yn pwyntio'n rhy agos o lawer at ei drwyn. Ac am gleddyf – hir a miniog, wedi ei wneud o arian sgleiniog. Mae Dicw yn siŵr ei fod o'n gweld dropyn o waed coch ar fin y cleddyf. Neu falla mai ei lygaid sydd wedi mynd yn groes ar ôl syllu i lawr drwy ei drwyn mor hir.

'O, t**r-r-r**io bod yn glyfa**r-r-r**, ia? Mae gynnon ni ffy**r-r-r**dd o wneud i ti sia**r-r-r-r**ad,' meddai Leri yn fygythiol.

'Ty**r-r-r-r-r-r**-d. A-**r-r-r-r-r-r** dy d**r-r-r-r-r-r-**aed.' Mae Ceri yn **r-r-r-r-**io mwy fyth.

Mewn chwinciad mae Ceri a Leri wedi martsio Dicw at eu llong, *Gwladus*, i fyny'r gangwe ac ar y dec.

A rŵan maen nhw'n gwneud yr union beth mae môr-ladron yn ei wneud orau – rowlio Dicw mewn hwyl fawr o gynfas gwlyb, ei glymu â rhaffau tew a'i orfodi i sefyll ar y dec. O fan'na mae o'n eu gweld nhw'n gosod darn hir o bren dros ochor y llong yn barod am ei gosb beryglus – cerdded y planc.

Mae Dicw yn teimlo'n sâl. Lwmpyn yn sownd yn ei wddw. Morthwyl yn curo yn ei galon. Teimlad annifyr yn ei fol. **Pfffff**. Rhech fach ddrewllyd yn sleifio allan, fyse fel arfer yn ddoniol, ond dim ar hyn o bryd.

Am y tro cyntaf heddiw, mae Dicw yn cael amser i feddwl. A dyma beth sy'n rasio drwy ei ben:

- Beth ydw i'n ei wneud yn Yr Academi Arbennig i Archarwyr Anhygoel?
- Dydw i ddim yn Arbennig.
- Dydw i ddim yn Archarwr.
- Dydw i ddim yn Anhygoel.
- Does gen i ddim siwpyr-bŵer.
- Dydw i ddim hyd yn oed yn gallu stopio dweud Dwm-bo.

– Ddylswn i fod yn ôl yn fy hen ysgol. Yn y **Dosbarth Diwerth i Ddisgyblion Didalent**. Yn cael marciau isel, fel D– yn y prawf gwyddoniaeth a chrafu D+ yn y gwaith cartref barddoniaeth. Ddim yn fan hyn, ar ynys baradwys yn ceisio rhyddhau parot sy'n dodwy wyau aur rhag dwy o fôr-ladron mwyaf peryglus y byd i gyd.

'Beth wna i?' meddylia mewn anobaith llwyr. Mac Dicw yn gwybod yn iawn na fydd Tishia, Alaw na Ben byth yn gallu meddwl am gynllun i'w achub, achos does ganddyn nhw ddim synnwyr cyffredin o gwbwl, siwpyr-bŵerau ai peidio.

Mae Dicw mor brysur yn poeni, dydy o ddim yn sylwi bod rhywbeth yn symud ar ben pellaf y llong. Ond o'r diwedd, mae'n gweld rhaff ddu yn cael ei chlymu a Tishia, Alaw, ac yna Ben, yn dringo i fyny ochor y llong a neidio ar y dec, tra bod Pegi yn hedfan rownd y mast uchel, yn ddigon pell i ffwrdd.

**Sssshhhh** maen nhw'n arwyddo ar Dicw efo'i gilydd. Yn anffodus, maen nhw mor brysur yn ssshhhhhio, does neb yn edrych lle maen nhw'n mynd. Mae Tishia yn camu'n ôl ac yn sathru ar

droed Alaw, mae hithau'n camu'n ôl ac yn stompian ar droed Ben, ac mae'r tri yn bangio i mewn i'w gilydd ac yn bloeddio...

**AWAwawawWaWawaWaW!**

Damwain? Ffliwc? Lwc mwnci? Beth bynnag oedd o, pan grashiodd y tri yn erbyn ei gilydd fe ddigwyddodd rhywbeth od iawn. Stopiodd Leri a Ceri yn stond a throi at y sŵn i weld beth oedd yn digwydd. Agorodd eu llygaid yn fawr fel peli golff a dechreuodd y ddwy...

- Chwysu chwartiau,
- Crynu fel jeli,
- Crensian eu dannedd.

Wedyn roedd...

- Eu pengliniau yn clecian,
- Eu traed yn dawnsio.

Ac agoron nhw eu cegau a sgrechian gweiddi...

'**Aaaaaaaaa!**' A dyma Leri a Ceri, môr-ladron mwyaf peryglus y moroedd, yn neidio dros ochor y llong, plymio i'r môr yn eu dillad, nofio fel dau dorpido a diflannu dros y gorwel heb edrych yn ôl.

Beth ddigwyddodd? Wel, yn lle gweld Tishia, Alaw a Ben, sef criw o blant braidd yn od, fe welodd Leri a Ceri anghenfil hollol arswydus – ieti mawr blewog efo trwyn fel trwmped coch a cheg fawr fel megaffon, a hwnnw'n rhochian a gwichian yn frawychus.

'Beth yn y byd...?' Tishia sy'n holi gyntaf. Mae Dicw yn edrych ar y lleill. Fedar o ddim stopio chwerthin!

'Chi'ch tri sy'n edrych fel anghenfil! Efo dy wallt gwyllt di Ben, dy drwyn ysblennydd di Tishia, a dy geg anferthol di, Alaw. Yn un swp efo'ch gilydd fel'na, dach chi'n edrych yn hollol frawychus!'

**Ha ha ha! Sgwawc, sgwawc, sgwawc!** Mae pawb yn chwerthin gymaint mae eu boliau'n brifo a'u cegau'n gwneud siapiau hyll.

# Pennod 14

Gorwedd ar y traeth mae tîm yr Ods erbyn hyn, wedi blino'n llwyr ar ôl yr holl gyffro – y balŵn aer poeth, y picnic, y gwallt bynji, achub Pegi, heb sôn am y môr-ladron peryglus. Am fore prysur.

'Rhaid i mi gael hoe,' meddai Tishia efo '**sniff!**' Ac mae hi'n estyn hances lân, sychu ei thrwyn, ei gosod dros ei llygaid a dechrau rhochian chwyrnu.

'**I ii.**' Mae Alaw yn cyrlio'n belen fach ar y tywod, yn cau ei llygaid a chwibanu-chwyrnu'n ysgafn fel llygoden fach.

'A fi hefyd,' cytuna Ben, gan lapio ychydig o'i ffrinj dros ei lygaid, gwneud ei hun yn gyfforddus a chysgu'n braf.

Mae Pegi'n crawcian '**Cyci-beis, cyci-beis. Mynd i gysgu, dyna neis**,' cyn clwydo ar ddarn o froc môr a rhoi ei phen yn ei phlu. O fewn dim, mae Dicw yn cau ei lygaid hefyd. Jest am funud bach. Beth allai fynd o'i le?

**Camgymeriad.**

**Whyyyyshshshshsh!** Mae Hedydd yn glanio ar y traeth a fflicio ei wallt yn hyderus.

'Ah! Fy nhro i nawr,' meddai Hedydd. Ar unwaith, mae Tishia, Alaw, Ben a Dicw yn deffro ac yn neidio ar eu traed. Ond dydyn nhw ddim digon cyflym – mae Hedydd wedi dal Pegi ac yn gafael ynddi hi gerfydd ei chrafangau, yn barod i fynd i'w sach.

Dydy hi ddim yn hapus o gwbwl. Gyda '**Sgggrrraaawwwc!**' mae hi'n gwingo a chael ei chrafangau'n rhydd, ac ar unwaith yn pigo Hedydd yn ffyrnig ar ei ben-ôl. '**Pigo tin, pigo tin. Ti'n haeddu hynna, Hedydd blin.**'

'**Aw!** Roedd hwnna'n brifo,' gwaedda Hedydd gan rwbio'i ben-ôl poenus.

Rŵan, mae hi'n hedfan rownd ei ben gan grawcian yn bryfoclyd, '**Pen-bach-pen-bach, af i, Pegi, byth i'r sach,**' sy'n gwylltio Hedydd yn fwy fyth.

'Dere 'ma, yr hen iâr.' Ac efo naid uchel, mae o'n

dal Pegi, gerfydd ei phig y tro yma, a'i stwffio i mewn i'r sach cyn iddi hi hedfan i ffwrdd eto.

'**Hei!** Be ti'n wneud?' meddai Dicw yn benderfynol, '**Ni** sy wedi rhyddhau Pegi o'r carchar. **Ni** sy 'di trechu'r môr ladron. **Ni** sy'n mynd â hi'n ôl i'r Academi. A **Ni** fydd yn cael marciau llawn. Felly, rho hi i mi.'

'Ie, dere â hi'n ôl,' ychwanega Tishia.

'Hy! Ti am stopo fi, wyt ti? Trwyn-ar-goese!'

'**Rhooooch.**'

'A ti?' Alaw sy'n ei chael hi rŵan. 'Ti am stopo fi?'

'**Iiiiiii!**'

'A beth amdanat ti?' meddai Hedydd wrth Ben, gan dynnu ar ei fwstásh llydan, oedd wedi tyfu yn slei wrth i'w nerfau fynd yn racs. 'Beth wyt ti am ei wneud, hm?'

Jest agor ei geg mae Ben, a does dim sŵn yn dod allan.

'Ie, fel o'n i'n amau, does 'da ti ddim talent. Tishian, chwibanu, tyfu gwallt a...' mae Hedydd yn troi at Dicw, 'Beth yw dy siwpyr-bŵer di 'to?'

'Dwm-bo.'

'Y? Smo ti'n gwbod? Twlsyn.' Ac ymlaen â Hedydd, gan bwffio'i frest yn fawr a fflicio'i ffrinj yn bwysig. 'Pa fath o siwpyr-bŵerau yw'r rheina? Rhai Mici-mows, os chi'n gofyn i fi. Fi'n perthyn o bell i Siwpyrman ar ochor Dad, wyddoch chi. Gen i enw da'r teulu i'w warchod. Ac os dydw i ddim yn ennill clogyn eleni, fydd Dad yn... fydd Dad yn...' Wrth sôn am ei dad, mae wyneb Hedydd yn newid, yn tywyllu rhywsut.

Y ffrinj yn mynd yn llipa, ei frest yn colli pwff a'i holl gorff yn sigo. Mae o wedi colli ei hyder yn llwyr ac yn edrych fel bachgen bach ofnus sydd am gael ei gosbi.

'Ti'n iawn?' Ben sy'n holi'n garedig ac yn rhoi ei law ar ei ysgwydd.

'Odw siŵr.' Ateba Hedydd yn flin ac mewn eiliadau mae o wedi rheoli ei deimladau, fflicio'i ffrinj, a phwffio'i frest i fyny. Mae ei hyder yn ei ôl a rŵan mae o'n fwy cas nag arfer, gan guddio beth oedd newydd ddigwydd. 'Wel, does dim peryg o fethu'r prawf hawdd yma yn erbyn chi bethau **od**.'

'Ydyn, mi ydyn ni'n **od**. Ni yw tîm yr Ods ac yn falch o fod yn wahanol.' Tishia sy'n ateb, ei llais-bocs-tishws yn crynu, wedi gwylltio gymaint. 'Ni'n gweithio 'da'n gilydd mewn tîm – ac wedi llwyddo i achub Pegi'r parot. Sy'n fwy nag wyt ti wedi ei wneud.'

'Ow, p-y-l-i-s. Wel, tîm yr **Ods**, sortiwch **hyn** mas 'te.' Ac mae Hedydd yn tanio'i rocedi, yn stwffio'r sach sy'n dal Pegi yn dynn o dan ei gesail, yn cyfri lawr 3-2-1 ac yn diflannu fel roced i'r awyr. Mae sŵn '**Sgwwawc**' Pegi druan yn mynd yn bellach ac yn bellach wrth iddi hi gael ei chario yn uchel i fyny i'r stratosffer ar gyflymder golau.

Gan adael dim ar ôl ond ogla petrol.

'Aaaaaattttishshshshwwwww!'

# Pennod 15

'Dewch, glou. Ar ei ôl e,' meddai Tishia'n benderfynol gan ddechrau datod y rhaffau gwallt a hances antîc-cant-oed Anti Annwyd er mwyn i'r balŵn hedfan ar ôl Hedydd. 'Mae angen dysgu gwers i Hedydd perthyn i-siwpyrman-pen-bach.'

Does neb wedi gweld Tishia wedi colli ei thymer fel hyn o'r blaen. Yn ei thempar, mae hi'n rhuthro i agor y balŵn rhywsut-rhywsut nes bod y blew o'r rhaffau a'r llwch o'r hances antîc yn hedfan i bobman ac...

'**A-a-a-t-t-t-i-i-i-sh-sh-sh-w-w-w!**'

Dyma Tishia yn ffrwydro nes bod pawb yn wlyb diferol.

'Ych-a-fi, Tishia.' Diew, druan, oedd agosaf ati.

'Ddrwg 'da fi.'

'**Iiii?**' O'u cwmpas mae dafnau bach gwyn yn chwyrlïo.

'Eira?' meddai Ben efo'i dafod allan i ddal y dafnau.

'Dim eira 'di'r stwff 'ma. Hances Anti Annwyd,' meddai Dicw a Ben yn gagio a phoeri'r darnau bach o'i geg.

Ac mae o'n iawn – mae'r hances antîc-cant-oed wedi rhwygo yn fil o ddarnau bach sy'n chwythu i ffwrdd ar awel y môr.

**Naaaaaaa!**

Trychineb.

Erbyn hyn, mae pethau'n edrych yn ddigalon i dîm yr Ods.

- Mae Hedydd wedi cipio Pegi a hedfan yn ôl i'r Academi,
- Mae'r balŵn aer poeth wedi malu'n racs,
- Mae'r Ods yn sownd ar yr ynys yng nghanol Môr y Caribî,
- A does gan Dicw ddim rhagor o syniadau.

Fydd Tishia byth yn cael ticio pwynt 4 achos does gan yr Ods ddim gobaith o lwyddo –

**Rhif 4: Dod â Pegi'r parot yn ôl i'r Academi yn ddiogel.**

Am ddigalon yw gweld Tishia, Ben, Alaw a Dicw yn eistedd ar y tywod, wedi blino yn llwyr a dim syniad beth i'w wneud nesaf.

Mae pawb yn teimlo'n annifyr iawn:

- Ben yn siomedig ynddo'i hun am fethu herio Hedydd,
- Tishia'n teimlo'n ofnadwy am achosi'r llanast i gyd a difetha unrhyw obaith o gwblhau'r dasg,
- Dicw yn flin efo'i hun am ateb 'Dwm-bo',
- Ac Alaw yn poeni am Pegi fach i fyny yn y gofod.

'**Iiii iiii ii, iii?**' hola Alaw, gan chwibanu allan o diwn.

'Ie, beth wnawn ni, Dicw?' Mae llais-bocs-tishws Tishia yn crynu.

Does gan Dicw ddim hyd yn oed yr egni i Dwm-bo-io. Mae o jest yn rhoi ei ben yn y tywod fel

estrys mawr, gan obeithio y bydd eu holl broblemau yn diflannu. Mae'r tri arall yn syllu ar Dicw am hir, yn aros i rywbeth ddigwydd. Ac ar ôl munudau lawer, mae Dicw yn codi ei ben o'r tywod, yn gwenu'n llydan ac yn dweud,

**'Dwi'n gwbod...'**

# Pennod 16

Mae pawb wedi cynhyrfu gymaint am syniad Dicw, erbyn iddyn nhw ddringo ar fwrdd *Gwladus*, llong y môr-ladron, maen nhw'n hollol **boncyrs**.

'**Rrrrrr!**' Rhuo mae Tishia, gan chwifio un o gleddyfau sbâr Cerrrri.

'**Iiiiii!**' gwichian mae Alaw gan siglo ar un o'r rhaffau uchel fel acrobat.

'**Waaaaaw!**' Rhyfeddu mae Ben wrth edrych i mewn drwy'r canon mawr sydd ar y dec, estyn un o'r peli haearn a dechrau ei rhowlio i mewn i'r canon fel petai o'n bowlio deg.

'Ben! Tyrd o fan'na, wnei di, mae'r canon 'na'n beryglus.' Dicw sy'n ceisio cadw trefn. Dim ond ers pum munud maen nhw wedi bod ar long y môr-ladron ac mae pethau yn llanast yn barod, meddylia

Dicw yn gyfrifol. Rhaid i ni gallio os 'dan ni am hwylio *Gwladus* yn ôl dros y moroedd i'r Academi, a rhywsut dal Hedydd a Pegi'r parot ar y ffordd. Dydy Dicw ddim yn stopio i ystyried pa mor anodd fydd hynny, sy'n beth da achos dydy o ddim jest yn anodd, mae o bron â bod yn **amhosib**.

Dyma Dicw yn ploncio het môr-leidr Leri ar ei ben ac yn rhuthro o amgylch y llong yn checio'r angor, yr olwyn lywio a'r cwmpawd mawr, cymhleth. Mae o'n edrych fel capten ac yn actio fel capten, ond y gwir yw – does gan Dicw ddim syniad sut i hwylio llong fôr-ladron hen ffasiwn fel *Gwladus*.

'**Wiiii!**' Mae Alaw yn pwyntio i fyny'n bryderus.

'Seren, ahoi!' bloeddia Tishia.

Mae pawb yn edrych i fyny i'r awyr ac yn cael eu dallu gan olau llachar. Beth ydy o? Seren? Comet? Jet? Llong ofod? U.F.O.? Gwylan? Beth bynnag ydy o, mae o'n anelu'n syth at y llong.

'**Rhedwch!**' Ond cyn i neb cael cyfle i symud...

**Crash!** Mae'r seren wedi hedfan dros y llong, wedi crashio i'r mastiau a phlymio i'r môr yr ochor arall efo **Sblash!** Un mor gryf, nes ei fod yn creu trobwll peryglus.

Mae'r llong yn hyrddio'n wyllt o un ochor i'r llall yn y tonnau uchel, ac efo **Craaaaac** aruthrol, mae'r mastiau'n cracio yn eu hanner ac maen nhw'n syrthio i'r ochor a – **sblaaaashshsh** – yn cwympo i'r môr, gan daflu dŵr dros bawb.

Beth yn y byd oedd hwnna?

Mae'r pedwar yn rhedeg at ochor y llong i weld y seren wib anferthol oedd wedi creu'r fath lanast. Ond dim seren wib sy 'na, dim comet, jet, llong ofod, U.F.O. na gwylan, chwaith. Yn fan'na, yn arnofio ar y môr efo balŵn diogelwch am ei ganol, ei drôns coch a'i deits melyn wedi rhwygo, mae Hedydd. Hedydd-perthyn-i-siwpyrman, o bawb. Wedi syrthio allan o'r stratosffer a chrashio i'r môr. A rŵan mae o'n hollol anymwybodol.

Efo **Sgwawc** swnllyd, mae Pegi yn hedfan o'i sach ac yn syth at Alaw i egluro mewn Parot-eg beth ddigwyddodd.

A dyma'r stori. Roedd Hedydd yn hedfan mor gyflym trwy'r gofod, welodd o ddim y meteorit yn hyrddio'n syth tuag ato. Erbyn iddo sylweddoli'r perygl, roedd hi'n rhy hwyr. Pendolciodd Hedydd y meteorit, plymiodd i lawr i'r ddaear fel bwled, crashiodd i fastiau *Gwladus* a sblashio i mewn i'r môr. A dyna pam mae o'n gorwedd yn anymwybodol yn y môr yn fan hyn.

Mae'r Ods yn ceisio'u gorau glas i fod yn neisi-neis a dweud, 'Ow, bechod,' a 'Druan ohono fo,' a rhoi eu pennau i un ochor a gwneud wynebau caredig. Ond maen nhw methu credu eu lwc! Yn enwedig Tishia sydd eisiau gwenu fel giât ond yn gorfod cogio chwythu ei thrwyn mewn hances i guddio'i hwyneb. Cyn dechrau teimlo'n euog am fod mor gas.

'Mae Hedydd wedi malu'r llong yn rhacs.' Ben sy'n siarad gyntaf, ei wallt yn dechrau tyfu wrth i'w nerfau ddechrau cosi.

'**Ii iiii iiiiiiii iiii iiiii.**' Ac mae'r casgenni i gyd wedi torri, meddai Alaw wrth syllu ar y pentyrrau o bysgod sydd wedi'u taflu dros y dec.

'Be wnawn ni, Dicw?'

'Dwm...' Callia Dicw meddai wrtho'i hun, '**Dwi'n gwbod.**'

Mae Dicw yn eu tynnu nhw i gylch tyn ac, fel rheolwr pêl-droed trefnus, yn dechrau cael 'y sgwrs' efo nhw.

– 'Reit! Ods.
– Mae'n rhaid i ni drwsio'r llong.
– Allwn ni wneud hyn.
– Efo'n gilydd.
– Fel tîm.
– Gorau Od-io, cyd-Od-io.' (Dydy'r slogan yna ddim cystal â "gorau chwarae, cydchwarae", un gwreiddiol Tîm Pêl-droed Cymru, meddylia Dicw, ond rhaid iddo wneud y tro.)

O fewn dim, mae'r criw yn dwrn-dolcio ac yn dyrnu'r awyr yn frwd, felly mae'n rhaid ei fod wedi dweud y peth iawn.

### Amdani!

Gyda'i gilydd, dyma nhw'n tynnu Hedydd anymwybodol allan o'r môr, clymu ei ddwylo a'i draed efo sgrynshis, ei roi mewn casgen o bysgod drewllyd, gollwng honno i lawr i'r howld o dan y dec a dechrau trwsio'r llong.

Mae gan bawb ei job:

Yn gyntaf, mae Alaw yn chwibanu'n fain iawn, fel sŵn sbring beic wedi rhydu, a daw cannoedd o bryfed pren allan o'u tyllau bach, a bwyta'r darnau bach o bren o'r mastiau nes bod dim llwch lli ar ôl.

Yna mae hi'n chwibanu'n uchel, fel brêcs lorri sydd angen olew, ac mae degau o lygod mawr tew yn rhuthro allan o'u tyllau ac yn sglaffio'r holl bysgod o'r casgenni sydd wedi malu.

Ond pan mae hi'n chwibanu fel aderyn paradwys, mae'r awyr yn troi'n felyn, coch, gwyrdd a glas wrth i'r haid o'r adar mwyaf prydferth ymddangos. Gyda Pegi ar y blaen, maen nhw'n codi'r hwyliau sydd wedi rhwygo'n ddarnau, eu rowlio'n ofalus a'u gosod yn daclus ar y dec. Wedyn dyma Ben yn clymu popeth gan ddefnyddio rhubanau, sgrynshis a chlipiau gwallt.

A Tishia? Wel mae hi'n brysur yn tynnu'r fflag penglog-ac-esgyrn-croes y môr-ladron i lawr, a chynllunio baner newydd sbon o hances lân a phensiliau lliw. A dim unrhyw hen faner chwaith. Ond **Arfbais yr Ods**. Un fawr liwgar efo lluniau o siswrn, hances a megaffon, a marc cwestiwn lle dylai siwpyr-bŵer Dicw fod, achos dydy hi ddim yn siŵr beth yn union yw hwnnw. Beth bynnag yw ei siwpyr-bŵer, mae pethau yn llawer gwell i Ben, Alaw a fi ers i Dicw ddod i'r Academi, meddylia Tishia, hyd yn oed os yw Hedydd wedi malu'r llong yn racs.

Ar ôl gorffen ei champwaith, mae Tishia yn clymu Arfbais yr Ods i grafangau Pegi efo cwlwm dwbwl, a'i dal yn dynn efo dau beg. Yna mae'r parot yn hedfan yn uchel uwchben y llong gan chwifio'r arfbais a chrawcian – **Gorau Od-io, cyd-Od-io**.

O'r diwedd, mae pawb wedi gorffen eu gwaith ac yn sefyll ar y dec i edmygu *Gwladus*, y llong. Mae hi'n edrych yn dda. Wel, na, does ganddi hi ddim mastiau, maen nhw wedi methu trwsio'r rheiny. A, na, does ganddi hi ddim hwyliau, maen nhw wedi methu trwsio'r rheiny hefyd. Ond mae hi'n dal dŵr. Ish.

'**Ai-ai-capten!**' Mae Tishia'n saliwtio Dicw, ac Alaw yn **ii-ii-iiiiii-io** yr un peth.

'Wel? Be ti'n feddwl?' hola Ben. 'Ydy hi'n ddigon da i hwylio ni 'nôl, Dicw?' Roedd rhaid i rywun ofyn, yn doedd? Does gan Dicw mo'r calon i ddweud wrth ei ffrindiau ei bod hi'n amhosib i'r llong fynd yn gyflym heb hwyliau i ddal y gwynt i'w thynnu hi.

'Dwm...' Ond wyddoch chi beth? Mae Dicw wedi cael syniad gwych. '**Dwi'n gwbod,**' meddai, gan wenu'n llydan.

'Alaw...' meddai Dicw a sibrwd am hir yn ei chlust. Dyma hi'n agor ei cheg-megaffon a daeth y chwiban mwyaf swynol allan – rhywbeth tebyg i gân môr-forwyn brydferth wedi'i chroesi â bybls babi morfilod o dan y dŵr, a thonnau bach yn sisial ar draeth o dywod melyn. Rhyfeddol.

A dyma nhw'n dod. Y dolffiniaid. Yn clicio, yn chwerthin ac yn chwarae yn y tonnau. Mae Alaw yn clymu'r dolffiniaid i'r llong efo rhaffau gwallt sbâr Ben, yn gafael yn yr olwyn lywio fawr ac yn dechrau chwibanu. Yn araf, mae'r dolffiniaid yn tynnu, y llong yn dechrau siglo ac yn cael ei thynnu'n gyflym dros y tonnau ac allan i'r môr mawr.

Mae'r Ods ar eu ffordd i wneud y dasg nesaf –

**Rhif 4: Dod â Pegi'r parot yn ôl i'r Academi yn ddiogel.**

# Pennod 17

Mae tîm yr Ods wrth eu boddau ar y fordaith yn ôl – yn eistedd ar ddec *Gwladus*, eu traed i fyny, yr awel cynnes yn eu gwalltiau, yr haul yn chwilboeth ar eu hwynebau, ewyn y môr yn sblashio'n braf ar eu bochau, Pegi'n hedfan uwch eu pennau a'r arfbais yn chwifio tu ôl iddi. A'r haid o ddolffiniaid yn neidio a phlymio yn y tonnau wrth dynnu'r llong yn gyflym drwy'r môr.

**Paradwys.**

Ond ddim am hir.

'Storm, ahoi!' gwaedda Tishia a phwyntio at y gorwel. Mae pawb yn gweld y cymylau du ac yn teimlo'r llong yn siglo yn y tonnau. O fewn eiliadau, mae *Gwladus* yng nghanol y storm ffyrnig ac yn cael ei thaflu o un don anferth i'r nesaf. Mae'r gwynt yn chwythu'n wyllt ac mae:

- Pegi'n cael ei hyrddio i mewn i gasgen o grancod pigog.
- Tishia yn sownd mewn pentwr o sachau blawd.
- Dicw wedi ei wthio ben-gyntaf i'r canon peryglus.
- A Ben yn cael ei sgubo ar draws y dec, ei wyneb yn wyrdd fel sleim, efo bwced ym mhob llaw, jest rhag ofn.

Ond dydy Alaw ddim yn poeni dim. Mae hi'n dal yn sownd yn olwyn fawr y llyw ac yn chwibanu ar y dolffiniaid i dynnu'r llong drwy'r tonnau uchel yr holl ffordd at y lan. Pan maen nhw'n ddigon agos i'r traeth, chwiban arall – un tebyg iawn i chwiban bugail – ac fel petaen nhw'n ddefaid yn cael eu corlannu, mae'r dolffiniaid yn nofio rownd i gefn y llong ac yn ei gwthio hi efo'u trwynau i fyny'r tywod. Nes o'r diwedd mae *Gwladus* yn ddiogel ar y tir mawr.

'**Iiiii iiiiiiiii!**' Mae Alaw yn diolch i'r dolffiniaid mewn Dolffin-eg ac yn taflu ychydig o bysgod iddyn nhw.

'Dowch, bawb,' gwaedda Dicw wrth osod y gangwe a rhedeg o'r llong. 'Dydy'r Academi ddim yn bell.'

'Ben, cer di ben arall y gasgen,' meddai Tishia, gan roi peg ar ei thrwyn a chynnig un i Ben. Ac efo hwyth fawr, mae'r ddau yn rowlio'r gasgen sy'n dal Hedydd a'r pysgod drewllyd i lawr y gangwe ac i fyny'r traeth tuag at y bryniau o dywod.

**'Be yn y byd? Be yn y byd?'** Mae Pegi'n crawcian yn groch ac yn hedfan o gwmpas yn wyllt.

Wedi gweld y twll mae hi. Wel, allech chi ddim methu'r twll yma. Mae o mor anferthol mae'n edrych fel y twll wnaeth y meteorit 'na grashiodd i'r ddaear **65 miliwn** o flynyddoedd yn ôl a lladd y deinosoriaid i gyd. Mae Dicw, Alaw, Tishia a Ben yn sefyll ar ochor y twll efo'u cegau'n lled agored, yn syllu ar y llanast o'u blaenau. Tywod a cherrig a gwymon a brwyn, i gyd wedi'u taflu i bob man yn y ffrwydrad anferthol.

Reit yn y canol, mae twnnel dwfn, ac yn dod allan o'r twnnel mae creaduriaid hollol annisgwyl:

- Emiw efo pen-ôl pluog, gwddw hir a phig miniog,
- Babi cangarŵ yn bownsio,
- Coala yn cario coeden ewcaliptws fach yn mhoced ei fol,
- A phentwr o hen ddillad wedi'u rhwygo.

Mae'r pentwr o ddillad yn symud ac o'r diwedd mae pawb yn gweld nad pentwr o hen ddillad wedi rhwygo ydy hwn o gwbwl. Ond **Dan**, yn cysgu'n sownd ac yn chwyrnu fel broga, reit yng nghanol y twll!

'**Iii iiiiiii?**' Mae Alaw yn holi'r cangarŵ mewn Cangarŵ-eg, ac ar unwaith mae'r marswpial bach del yn egluro wrth Alaw beth ddigwyddodd. Roedd Dan wedi darllen y map i'r Ynys ben i waered a thyllu i lawr i gyfeiriad y de yn lle'r gorllewin. Tyllodd reit drwy grombil y ddaear a dod allan ar ochor arall y byd, yn Awstralia, yng nghysgod craig Uluru enwog. Daliodd Dan yr emiw, y babi cangarŵ, a'r coala oedd yn meindio'i fusnes ac yn cnoi coeden ewcaliptws, a'u cario i gyd yn ôl i Gymru. Doedd neb yn siŵr pam – achub Pegi'r parot oedd yr her i fod, dim dod â dau marswpial ac un aderyn-sy-methu-hedfan yn ôl o graig Uluru.

Jest rhag ofn, mae Tishia'n estyn y papur blêr o'i phoced ac yn darllen ei rhestr eto. Na, – dim sôn am **emiw, babi cangarŵ** na **coala'n cnoi ewcaliptws**. Diolch byth, meddyliodd, gan sgrynshio'r papur yn belen a'i stwffio'n ôl yn ei phoced.

Does dim syndod bod Dan wedi cael cur pen ar ôl tyllu **saith mil, naw cant un deg saith a thri-chwarter** o filltiroedd drwy bridd, carreg a magma poeth i Awstralia. A thyllu **saith mil, naw cant un deg saith a thri-chwarter** o filltiroedd drwy bridd, carreg a magma poeth yn ôl i Gymru. Rŵan, mae o wedi blino gymaint, mae o'n cysgu a chysgu ac yn chwyrnu yn swnllyd.

Mae Alaw yn egluro wrth bob un o'r anifeiliaid yn ei dro sut i fynd yn ôl adre i graig Uluru – gan egluro i'r emiw mewn Emiw-eg, y coala mewn Coala-eg a'r cangarŵ mewn Cangarŵ-eg. Mewn eiliadau mae'r emiw wedi neidio i'r twll, y coala wedi stwffio'r goeden ewcaliptws i'w boced bolgwd a sboncio i lawr y twnnel, a'r babi cangarŵ yn sgipio ar eu holau nhw gan godi bawd a gweiddi.

'*G'day*!'

'Hwyl fawr. Siwrne dda.'

'Dan. Dan. Deffra!' Mae Dicw yn gweiddi yng nghlust yr archarwr anffodus tra bod Ben yn pwnio un fraich a Tishia'n pwnio'r llall. Dim byd. Mae o'n cysgu'n sownd. Does dim dewis – i mewn â Dan i'r gasgen at Hedydd a'r pysgod drewllyd. Mae Tishia'n rhoi peg trwyn i bawb ac mae hi, Ben, Alaw a Dicw yn rowlio'r gasgen afiach yn ôl i'r Academi.

# Pennod 18

Gwyddfid sy'n sylwi gyntaf. Syllu'n freuddwydiol drwy ffenest Blwyddyn 6 ar y trydydd llawr mae hi, pan mae hi'n gweld rhywbeth hollol annisgwyl. Tîm yr Ods. Yn rowlio casgen i mewn drwy giatiau'r Academi ac i fyny'r llwybr tuag at yr adeilad.

'Hei – bawb, edrychwch ar hyn!'

A dyma pawb yn rhedeg at y ffenestri a gweld yr olygfa fwyaf anghredadwy welson nhw erioed. Tishia, Ben, Alaw a Dicw yn rowlio casgen a Pegi'r parot yn hedfan uwch eu pennau, yn chwifio'r arfbais ac yn crawcian '**Gorau Od-io, Cyd-Od-io**'. Mae'r gasgen yn drewi o bell a gall pawb weld pen Hedydd a thraed Dan yn sticio allan bob pen. Y ddau yn edrych fel tasen nhw'n cysgu'n sownd.

Mae holl blant yr Academi yn hongian allan o'r

ffenestri yn gweiddi a chlapio a chwibanu **Hwrê!** ac **Amdani!** Maen nhw mor swnllyd mae Hedydd yn deffro, a Dan yn stopio chwyrnu ac yn agor ei lygaid. All Hedydd na Dan ddim credu'r peth.

'**Beeeeeth?**' meddai Hedydd, ei lygaid fel dwy blaned fawr yn rowlio yn ei ben. 'Mae tîm yr Ods wedi ennill?'

Dydy Dan ddim yn ateb. Wel, mae ei geg wedi agor ond jest sŵn **Drrrrr** blin sy'n dod ohoni.

'**Tawelwch. TA-WEL-WCH!**' Llais Breian y Bos ydy hwnna. A dyma hi, yn martsio allan drwy'r drws ac yn syth at y criw, ei llygaid pelydr-X yn llosgi yn ei phen. Mae hi wedi gwylltio'n gandryll. A dim efo'r disgyblion sy'n hongian yn beryglus o'r ffenestri mae hi wedi gwylltio, nac efo Hedydd a Dan sy'n llithro o'r gasgen efo pentwr o bysgod wedi pydru.

'Beth y'ch chi'n feddwl y'ch chi'n ei wneud?' Efo'r Ods mae hi wedi gwylltio ac ar Dicw mae hi'n gweiddi. Ond cyn iddo 'Dwm-bo-io,' mae Pegi'r parot yn codi i'r awyr a hedfan o amgylch yr athrawes gas gan adrodd '**Breian-y-Bos. Breian-y-Bos**,' nes bod ei phen hi'n troi.

'Ni wedi llwyddo, Miss Breian,' meddai Tishia yn ei llais-bocs-tishws. Mae hi'n estyn y rholyn blêr o bapur o'i phoced, ei agor a'i ddarllen:

**Her Pegi'r Parot**

1 Dod o hyd i'r ynys .............................. ☑

2 Dod o hyd i garchar Pegi'r parot ............. ☑

3 Achub Pegi'r parot rhag y môr-ladron ........ ☑

4 Dod â Pegi'r parot yn ôl i'r Academi yn ddiogel .......... ☑

'Felly, fel y gwelwch chi, ni wedi achub Pegi'r parot ac yn haeddu marciau llawn. **Rhif 6: Marciau llawn i'r arwr sy'n llwyddo.** Diolch.'

'Beth am rif 5?' meddai Breian y Bos.

'Rhif 5?' Mae Tishia'n astudio'r rhestr yn ofalus. 'Does dim rhif 5.' Mae Alaw yn cipio'r papur gan Tishia, a hwnnw erbyn hyn yn dyllau i gyd ar ôl cael ei rowlio, ei sgrynshio a'i stwffio i mewn ac allan o'i phoced ar hyd y daith.

'**Iii iiiiii**.' Mae Alaw'n sylwi ar rywbeth. Brawddeg lle mae'r inc wedi smwjio fel ei bod hi prin yn gallu ei darllen:

**Rh f 5: D d ag n o yau au Pe i yn ô .**

'Rhif 5: Dod ag un o wyau aur Pegi yn ôl.'

'Oes wy aur 'da chi? Nagoes?' Mae Miss Breian wrth ei bodd. 'Felly, ry'ch chi yr Ods wedi methu cwblhau'r dasg. O, dyna – ahem – anffodus,' meddai yn ffals.

'Ond... ond... ond...' Mae llais bocs tishws Tishia yn cracio mewn siom.

'Ond *beth*?' meddai Miss Breian gan droi ar ei sawdl. 'Chi wedi colli.'

**Trychineb...** does dim byd mwy fedren nhw ei wneud, dim ond sefyll a syllu ar Miss Breian yn cerdded tuag at yr Academi a chamu i fyny'r stepiau mawr tuag at y drws.

Ond yna, mae Pegi'n gwneud sŵn sy'n rhwygo'r awyr –

**Sgwawc...**
**SgwaAAAAAWC...**
**SgwaaAAAAAAWWWCCC...**
**Plop!**

Ac mae clamp o wy aur yn glanio yn nwylo Alaw, un mawr fel pêl rygbi. Ac i ffwrdd â nhw. Mae'r pedwar fel blaenwyr gorau tîm rygbi Cymru – yn pasio'r wy aur o un i'r llall wrth redeg fel y gwynt ar ôl Miss Breian. O Alaw i Ben. O Ben i... www... ffiw... i Tishia. O Tishia i Dicw. A jest cyn i Breian y Bos gamu drwy ddrws yr Academi, mae Dicw yn gwibio heibio hi ac yn gosod yr wy aur fel pêl rygbi ar y llawr reit wrth ei thraed.

**C-a-a-a-a-a-i-i-i-i-i-s.** Y cais gorau a fu erioed.

# Pennod 19

Mae hi'n hanner awr wedi tri y pnawn. Mae pawb o Flwyddyn 6 wedi cyrraedd yn ôl. Ac mae Dr Bleddyn a Miss Breian yn sefyll bob ochor i'r ddesg lle mae Pegi'r parot yn eistedd ar yr wy aur.

Erbyn hyn, mae Hedydd a Dan wedi cael stŵr gan Breian y Bos a'u hanfon i gefn y dosbarth. Mae Ann hefyd wedi cael stŵr ac yn sefyll efo gweddill yr Alffas. Doedd Ann ddim hyd yn oed wedi gadael yr Academi bore 'ma. Roedd hi'n sownd yn y toiledau, wedi cloi ei hun mewn ciwbicl ar ddamwain, a neb yn gwybod ei bod hi yno nes i Alaw ffeindio hi. Doedd Ann ddim yn gwybod lle oedd hi chwaith – wedi diflannu mor dda, roedd hi'n methu dod o hyd iddi hi ei hun!

Mae Pegi'n pwffio'i phlu lliwgar a dechrau adrodd:

**'Fi, Pegi, yw parot pwysicaf y byd,**
**sy'n enwog am ddodw...**

'Ie, ie, dyna ddigon,' meddai Miss Breian yn swta gan chwipio band lastig allan o'i phoced, clymu pig Pegi ar gau a throi at y dosbarth.

Does neb wedi gweld Miss Breian yn edrych mor frawychus ag y mae hi rŵan – ei llygaid pelydr-X fel pinnau coch, ei sbectol-pot-jam wedi cracio a'i cheg yn gam. Mae hi'n dal y cas sbectol yn fygythiol yn ei dwylo, yn ysu i bwyso'r botwm a defnyddio'r ffon laser. Mae'n hollol amlwg mai eisiau syllu at yr Ods efo'i llygaid pelydr-X a ffrio eu brêns nhw mae Miss Breian go iawn. Ond chaiff hi ddim gwneud hynny, ac mae'n rhaid iddi hi ddweud hyn:

'Dr Bleddyn, Blwyddyn 6, dyma ganlyniad her gyntaf y tymor – Achub Pegi'r parot. A'r archarwyr sy'n cael y marcie llawn yw...' mae hi'n poeri'r geiriau allan fel petaen nhw'n hen ddannedd gosod. 'Tîm yr Ods.'

**Mae'r Ods wedi ennill!** Yr Ods o bawb, wedi llwyddo i achub Pegi'r parot rhag môr-ladron mwyaf peryglus y moroedd, a dod â hi'n ôl yn ddiogel. Ar ben hynny, wedi achub Hedydd a Dan ar y ffordd, dod o hyd i Ann yn y toiledau a chael wy aur jest mewn pryd.

Heddiw, yr Ods ydy disgyblion gorau Yr Academi Arbennig i Archarwyr Anhygoel ac maen nhw'n methu credu'r peth.

'**Hwrê i dîm yr Ods!**'

Mae Tishia, Ben, Alaw a Dicw yn neidio, yn chwifio'r arfbais ac yn gwneud pump-uchel a dwrn-dolcio fel pethau gwyllt, tra bod Pegi'n hedfan o gwmpas y stafell ddosbarth ac wedi cynhyrfu gymaint mae hi'n cael 'damwain' fach slei ar ben Hedydd.

'**Dicw, ti'n archarwr!**' meddai Tishia, Alaw a Ben efo'i gilydd.

'**Dwm-bo am hynny!**'

**Y DIWEDD**

Hefyd gan Y Lolfa

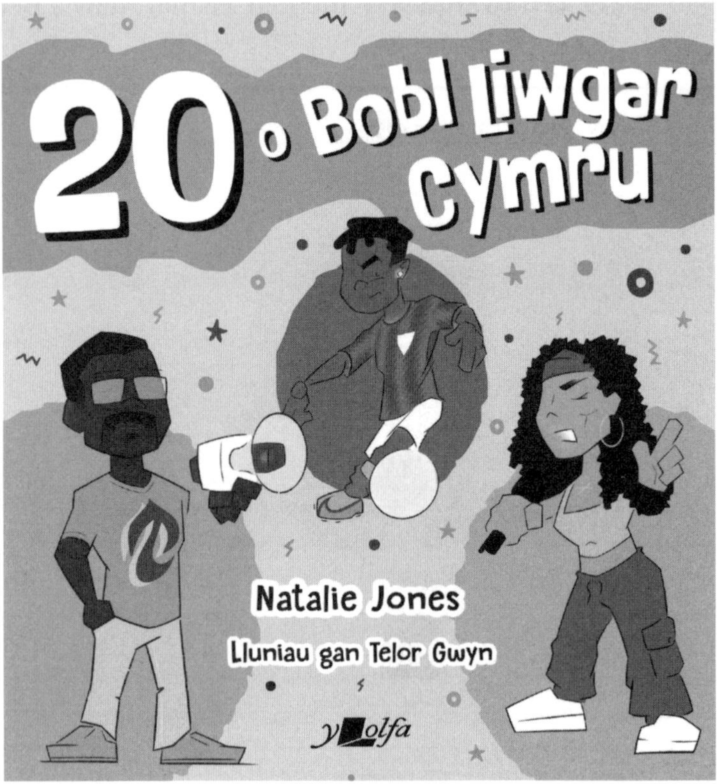


£7.99

MEGS
y Lolfa
Fydd hi'n gallu dod o hyd i'w ffrind?
'Anhygoel'
NON PARRY
Meleri Wyn James

£7.99

y Lolfa
pam ti'n chwerthin?
Cant a mil o jôcs Cymraeg doniol (neu) ofnadwy
Iwan Pitts

£5.99

£8.99

y Lolfa
Dyma lyfr sy'n cynnwys ffeithiau, gweithgareddau, a chaneuon i blant
Welsh Whisperer
LLYFR PEIRIANNAU'R FFERM

£6.99

Llanddafad
Gareth Evans-Jones
Lluniau gan
Lleucu Gwenllian

£8.99